心に受けた傷を跳ね返す

虐待被害者の味方です

―虐待が原因で難病になり、甦った足跡―

小田博子●著

高文研

まだ暴力が止まらなかった23歳のころ。

北アルプス常念岳山頂。
仕事の合間を縫って山に登っていた。32歳。

北アルプスに上っていたころ。
燕岳にて。33歳。

大好きだったサルトルの
墓の前で（パリ）。
34歳。

天気のいい日に、
杖で外に出るのが精いっぱい。
47歳（写真右）。
同じ病気の友人と。

快復してから。
平塚美術館の庭で。
53歳。

主催している
NPO市民健康ラボラトリーのお話し会。
福岡で、56歳。

エントロピー学会の一般講演。
東大駒場キャンパスで。55歳。

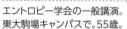

はじめに

私は四四歳のときに慢性疼痛《とうつう》症候群を発症しました。新しい名前では線維筋痛症ともいいます。アメリカのシンガー、レディ・ガガもこの病気で闘病しているとも伝えられています。一時期私は、事実上の身体障害者となり、四十代の後半を布団の中で、ほとんど家の外に出られないままで過ごしました。四十代の六年という貴重な時間を、この病気のためにまるごと奪われたことになります。

慢性疼痛症候群（あるいは線維筋痛症）は困難な病気ではありますが、その後さまざまな経過を辿り、私はようやく回復し、もとの生活を取り戻しました。

極度の重症だった慢性疼痛症候群からサバイバルした経験を、患者自身が記した手記はほとんどなく、回復して間もないころ、私は一生懸命にこの経験を書き残しておきました。

かつて、「死」は私の希望でした。

「死ぬしか猛烈な痛みから逃れる希望がない」と医師が言う病気が、果たしてどんなものなのか。私がどういう経過を辿って最悪の状態に陥ったのか。その原因と思われる出来事は。そこからどんなふうに私が回復してきたのか。

お読みいただく過程で、ある人は痛ましい思いを抱き、ある人は理解不能という印象を抱かれるかもしれません。発症の直前に私が送っていた生活は、今思うと、身近な人にもよく理解ができないものだったように思います。

子どものころの体験が、その後の人生にどれだけ広い範囲で影響を与え続けるのか、果たして人は、そこから自由になれるのか。痛ましい子どもの事件が数多く起きている現代のなかで、これは多くの人が興味を持つテーマかもしれません。それについて、自分の書ける範囲で、自分自身の経験を記しました。

虐待を経験した人と、それを経験していない人では、虐待によって受ける被害の認識が、まったく違うと思います。しかし、「虐待やそれに近い経験をした人が、その後の人生で自分自身を再生していける」可能性について、私の経験が少しでもヒントになればと願います。

「虐待、性虐待を経験した人は生きる力が大きく損なわれている」というのは、最近、多くの専門家の方がたが言っていることです。そして被害者の一人としては、深く頷く部分があります。

しかし、人には自分自身を再生する力がある。虐待によって被害者が、人生を生きる上で大事な足の一本を、もし折られていたとしても、その後の時間のなかで、自分自身で新しい足を創造して、またそこから自らの足で歩いていくことができる。

私はそういう今の実感とともに、一〇年前に書いた物語を紹介したいと思います。

もくじ

第1章

病気の発症、そして悪化

知られていない病気

慢性疼痛症候群（線維筋痛症）のもっとも辛い症状は、想像を絶する激烈な痛みである。実際に、ペインビジョンという痛みを計る医療器で患者の痛みを計った研究があって、この病気の患者は、痛いことで知られる関節リウマチ患者の、数倍から数十倍という、気の遠くなるような大きな数値が出た。このときに痛みを計った女性患者たち四七人のうち五人は、普通の人ならすぐに卒倒するほどの痛みを持っているという結果になった。

最悪だったころの自分の痛みを例えると、こんな感じだった。痛みをこらえながら家の外に出たとする。しかし、そこに誰かがいても、挨拶すら、することができない。誰かがそこにいるのは分っても、猛烈な痛みのために、知っている人か、そうでない人かが分からない。もし知っている人だったとして、私が顔を上げ、その人を見て、そして挨拶までするためには、ほんの数秒であっても、立ち止まって、目がくらむ痛みをはねのけて、笑顔を作らねばならない。その相手から、もし言葉でなにか挨拶をされたら、一言二言は返さなければならない。全部で長くても一〇秒くらいだろう。しかし猛烈な痛さのために、たったそれだけの余裕すらない猛烈な痛み。

目がくらみ、目が回っている状態で、たった十秒も、人とコミュニケーションする余裕がないほどの痛み。外に出ても、天気が良かったのか悪かったのかすら、よく思い出せない。自分のすぐそばに花壇があっても、そこに何の花が咲いているのか、分からない。看板が立っていても、何の看板なのかもわからない。熱が四〇度か四一度くらいある感じだろうか。熱が四一度あって意識がもうろうとしていれば、すぐそばに何の花が咲いていたとか、どんな看板があったとか、覚えている余裕はないだろうと思う。目もくらむ痛みのために、それくらい、もうろうとした状態が続く。

歯が痛い、腰が痛い、頭が痛い、肩が痛い等々、何かしら痛みとつきあいながら生きている人は多いと思う。でも、痛いと言いながら何とか仕事に行ったり、学校に行ったり、痛みとつきあいながら日常生活を送っている人が多いのではないだろうか。だが、重症の慢性疼痛症候群（線維筋痛症）の痛みは、日常生活をほとんど不可能にしてしまう。

私は発病してから、東京近郊の大学病院に何か所も通った。しかし自分の痛みを軽くする薬は、ついに一つも見つからなかった。逆に、薬の副作用が強く出て、痛みの上に、目まいや船酔いのような辛い症状が加わることもよくあった。

発病してから三年目くらいに、私は本当に悪くなり、二四時間の痛みに加えて吐き気や目まい、船酔い症状で、まったく歩けなくなった。

痛みに加えて、まっすぐに立っていられないほど目まいがひどかった。症状が重くなると次第に、テレビに映る、人やボールの動きなどを眼で追えなくなった。画面上のサッカーボールなどを目で追うと、船酔いの症状がさらにひどくなってしまう。それで、当時の私に残されたほとんど唯一の楽しみだった、テレビでのスポーツ観戦ができなくなった。

そのころの私にまだ残されていたまともな機能は、聴覚だけだったと思う。味覚も残っていたが、筋力が弱っていて、自宅にある瀬戸物の食器が持ち上げられなくなっていたし、美味しいものを食べに行くため外出することも、ほとんど不可能になっていた。

二四時間続く猛烈な痛みと目まい、吐き気、船酔い症状は本当に辛かった。

そして、それらの症状がいつ治まるのか、まったく見当もつかなかった。

人は、希望があれば痛みや辛さを我慢できる。たとえば、大きな事故に逢って手や足、あるいはもっと大変な部位を骨折した人が、手術やその後の痛みを乗り越え、リハビリの大変さも乗り越えていけるとしたら、それは「将来はきっと不自由なく身体を使える、元の生活に戻れる」という、そのあとの人生に対する大きな希望があるからだろう。「今痛みをこらえる忍耐や、努力は報いられる」という大きな希望が、術後の大きな痛みを我慢したり、苦痛であるリハビリを乗り越える、大きな原動力になるのではないかと思う。

しかし、そのときの激痛や辛さが、まったく将来の希望に結びつかない場合、痛みがいつ治まるのか、誰に聞いても分からない場合、きょう痛みを乗り越えても明日もまた同じ痛みが続き、その後も続くという未来しか自分には残されていない場合、人はいったい、何をてこにして、今日という日、明日という日を生きていくだろうか。

私はそのころ、この痛みと辛さがこれから三ヵ月も続くとしたら、今死んだ方がましだと思う時間が、かなり長く続いた。当時の痛みと辛さを、自分が三ヵ月も我慢し続けられるとは思えなかった。

私は発病してから、初めて「死」を考えた。人として、「自殺することは正しくない」と思っていたし、それは今でも変わらないが、しかしその時の痛みを、私は、「三ヵ月は到底持ちこたえられない」と思った。私は初めて、「死」を身近に考え、そして、ようやく一息ついた。

「三ヵ月後に死んでもいい。死ぬ自由がある」そういう考え方を、自分に許可して、だからこそ、きょうと明日、あさってくらいは、痛みを我慢しよう。私には死ぬ「自由」があるのだから。あと三日くらいは、頑張って痛みを堪えよう。私はそう思って、来る日来る日を生き続けた。

もっとも悪かったときの私にとって、死ぬことは、ただ一つ残された「永遠に続く痛みからの出口戦略」であり、「希望」だった。

毎日まいにちの痛みに耐えるのに疲れると、私は「いつでも好きなときに死ぬことができるのだから」という大きな「希望」に寄りかかって、一息ついた。

当時は、死ぬこと以外には、痛みから逃れる道は見えなかった。

「死」というコースアウトへ続く道が傍らにあるのを横目で見ながら、あちらへの道はいつでも開いているんだからと自分に言い聞かせ、私はなんとか「目がくらむくらいの痛みとともに生きる」という道の上を走り続けていた。

もしこの道を行かなければならなくなったとしたら、その人たちの半分くらいは、自殺を試みても不思議はないと私は思うし、そのうちの二割くらいは、自殺に成功してしまうかもしれない。しかし、この道をかつて走っていた経験者として、どう頑張っても生きる気力がなくなってしまい、自殺を試みる人がたとえいたとしても、それを一方的に止めるのがどれほど残酷なことか、今でも私にはよく理解できる。

恐ろしいのは、この病気に罹患している人が、じつは予想以上に多いのではないかと思われることだ。二〇〇五年に行われた住民調査から患者数を計算した結果、約二〇〇万人とする報告もある。もちろん、そのすべての人たちが私のような深刻な症状を呈するわけではない。痛むのは身体の一部だけとか、病気の入り口あたりで、身体のどこかに痛みを抱えながら、それでも学校に通ったり仕事に通ったりしている人も大勢いるだろう。恐いのは、ある一部の人が、あらゆる歯止めがかからずに悪化を重ね、どん底にまで落ちてしまう事実が見られるということだ。それではいったいどのような人たちがどん底に落ちてしまいやすいのだろう。どん底からサバイバルした私の経験をもとに、ともに考えていただければと思う。

二〇〇七年六月一六日

この日は、自分が発症した慢性疼痛症候群（線維筋痛症）とその後の回復について、文章にすると決め、第一行を書き始めた、記念すべき日になる。自分の悪化や回復の経過を考えてみて、これは非常に辛い、大変な作業になると思ったが、やはり私は書き残すべきだと思った。二〇〇七年一月に、この病気を疑われた元女性アナウンサーが自殺を遂げ、その後、この事件が大きく報道された。アナウンサーの自殺そのものは悲しい出来事だったが、しかしそれ以降は、全く知られていなかったこの不幸な病気について、少しだけ知識が広まったように思う。

二〇〇一年四月一一日　発症

私は、東京・池袋を、自分の仕事場から関係先に向かって一人で歩いていた。四四歳だった。関係先を二箇所ほど回ったときに、私はとつぜん、左側の腰関節がかなり痛いことに気がついた。しかしその時は、歩けなくなるほどの痛みではなかった。関節のちょっとした不具合、そんな感じだった。一一日は五時過ぎに仕事が終わった。

当時、私の母親が乳癌にかかっていた。母は私の勤務先近くで手術をし、そのあともその病院に入院していた。

四月一一日は、母が入院してからちょうど二〇日目で、そのあいだ、私は一日も欠かさず、仕事帰りに母の病院に寄っていた。腰が相変わらず痛かったが、私はその日も母がいる病院に向かった。病院にいるときは、痛みはそれほどでもなかったが、帰り道の電車で、だんだん痛みは強くなってきた。下車して、家に帰る道のりでは相当痛くなってきて、家に帰って私は家族に「腰が痛い」と訴えた。その日は寒かったので、私は炬燵に潜って腰をあたためた。横になっている間にも、痛みはだんだんひどくなり、寝返りも打てないくらいになってきた。私は早く寝ることにした。

その夜は、一晩じゅう腰が痛んだ。ほとんど激痛に近かった。痛みのために、その晩はほとんど眠れなかった。そして翌日の朝に起きてみると、私は、自分が一歩も歩けなくなっていることを発見した。

いったい、何が起きたのか分からなかった。交通事故に逢ったわけでもない。腰をぶつけたわけでもないし、腰に負担のかかる重い荷物を持ち上げたわけでもなかった。それなのに、その日の朝、私の左足は身体より一歩も前に踏み出せず、それ以上足を前に出そうとすると、腰関節が外れるような激痛に襲われた。

私はタクシーで病院に向かった。

病院の診断は「椎間板ヘルニアの疑い」だったが、レントゲンを撮ってもヘルニアの所見はなく、痛みの原因はまったく不明だった。私は自力では一歩も歩けなかったので、病院で松葉杖を借りて家に帰った。

このように、私はある日とつぜん、一歩も歩けなくなるという形で、慢性疼痛症候群(線維筋痛症)を発症した。

もちろん、最初はそんなに深刻に考えていたわけではなくて、二、三日のあいだ家で休むか、長くても一週間くらいあれば、元に戻るだろうと考えていた。しかし、一週間経っても二週間経っても私は歩けるようにはならずに、痛みはだんだん右腰にまで広がっていった。

左足が前に出ないという症状は改善されたが、その代わりに数歩歩くと腰全体がバラバラになりそうな感じになった。

結局のところ、私は三ヶ月、ほとんど歩けない状態で過ごした。

勤務先にはその間、痛みの状況を話しながらようすを見てもらった。有給休暇が終わると無給になった。

私の仕事は、社員全員の給与を計算して銀行口座に振り込むことをはじめ、月々の決算を含む経理事務、銀行預金管理、会社の請求書作成や顧客からの入金管理、そして社会保険などの総務までひとりでやっていたので、私が突然出社できなくなって、会社は困ったと思う。

その後、私は整体医院に通って五〇メートルくらい歩けるようになった。しかし、それ以上歩くと腰がバラバラになるような感じは続き、その後、最初は腰部だけだった痛みは背中に広がり、そして、背中から肩、肩から首へと、だんだんと上にはい上がってきた。痛みは身体の前面にも回ってきて、あばら骨のあたりが呼吸をするたびに痛むようになった。痛む箇所は身体全体に広がってきた。

そのうちに、だんだんと椅子に座ることが苦痛になってきた。椅子に座ると上半身のあちこちが痛くなり、三〇分もすると横になって休まなければならないほど痛みが強くなった。

三ヵ月後、私の出社を待ちきれなくなった会社からは、退社するようにという通告があった。

当時の私は、それでもまだ楽観的だった。仕事に関しては、体さえよくなれば、いつでもまた見つけられるだろうと思っていたからだ。経理は複式簿記までできたし、顧問の会計士と相談しながら年度末の会社決算書を作ることもできた。

その前は、旧通産省管轄の経済協力団体で、タイ国への技術協力の仕事を長くやったこともあった。

そのほかに、百貨店の商事部にいたこともあった。私はどういうわけか、会社や法人の面接でほとんど落ちたことがなく、最初に勤めた百貨店は一三倍の倍率だったが、なぜか受かり、そのほかにも八倍とか、一〇倍とか、三八倍という試験、面接を通ったこともあった。だから突然歩けなくなったとしても、体がよくなりさえすれば、きっとなにかしら仕事はあるだろうと思った。しかし私は、その後、なかなか五〇メートル以上を歩けるようにはならなかった。痛みは全身にまわり、それが少しもよくならなかったので、整形外科で、痛む箇所のレントゲンをとってもらったが、どこにも異常は見つからなかった。

私が何ヶ所かの病院に通って、それぞれの病院でいわれたことを一生懸命に守ったが、(絶対に歩かないようにと言われたこともあるし、歩けるときには少し歩いた方がいいと言われたこともあった)、いくら言われたとおりにしてみても、処方された薬をいくらきちんと飲んでも、まったく痛みは減らなかった。私は異常を感じ取った。それまでの人生で、病院で言われたことが、これだけ連続して、ことごとく外れたことはなかった。

何かしらおかしなことが起こっていると思ったが、それが何なのか、当時の私には見当もつかなかった。非常に嫌な予感を覚えた。

その時の予感通りに、突然歩けなくなってから半年経っても私の体はもと通りにならず、歩ける距離は五〇メートル以上は伸びないまま、その年が暮れようとしていた。

年が変わるころから、私は自分の身体に起こっている異常について、新聞を丹念に見たりして、できる範囲で調べ始めていた。そして、翌年（二〇〇二年）の二月二七日の日本経済新聞の夕刊に、「日本では知名度低い線維筋痛症」という記事を見つけた。

記事は「坐骨神経痛のような痛みに始まり、ひどい肩こりや体の硬直、腰痛、首の痛み、腕の痛みに苦しむ」とあった。私は、「これだ」と思った。記事の後半には「日本の医療機関での認知は低い。線維筋痛症という病名が市民権を得る日を切に望んでいる」とあった。

どこの病院に行っても原因が分からず、どんな治療をしても痛みがまったくよくならない原因は「これ」だと思えた。もし自分が、医師も知らない「線維筋痛症」という病気を発症しているとすれば、日本じゅう、どこの病院に行っても医師が誰もこの病気のことを知らないのだから、よくなる治療を受けられるわけがなかった。

私はインターネットでこの病気の論文を書いている医師を調べて、K医療センターのN医師が論文を書いているのを見つけ、すぐにK医療センターに電話を入れて、かなりの無理を言ってN医師の診察の予約を取った。そして、それから約一ヵ月後に、私はN医師から線維筋痛症の診断を受けた。比較的運がよかったのは、N医師が、日本で最初にこの病気について着目し、いち早く論文を書いた人だったために、私が他の患者と比較してわりあい早い時期に、この病気の診断を受けることができたことだろう。

患者の中には、発病して三〇年も、痛みの原因が分からないまま苦しんだという人もいるし、診断名を求めて三〇ヵ所以上の病院に行ったという人もいる。この病気の知名度はとても低かった。

それにしても、痛みの原因が分からない、しかも、いくら治療しても痛みが少しも消えないという現実は、経験していない人には想像できないくらい辛い出来事だと思う。懸命に治療しても、その努力がまるで報われないのは苦しいことだ。病院で出会う、自分以外の人たちは、まじめに治療しているうちに、次々に症状が楽になったり痛みが引いたりして社会復帰していく。そのなかで、「線維筋痛症」という知られていない病気を発症した自分だけが、いくら真面目に治療しても同じ症状のなかでとどまっていて、もとの場所に復帰することができない。

「なぜ自分独りだけが」という疑問、口惜しさ、孤独感は、想像を絶するくらい辛い。そしてこの病気を発病してしばらくすると、「医師は痛みや辛さを治してくれるものだ」というそれまでごく普通に持っていた「常識」も、ほどなくくつ覆されてしまう。

私自身は、ほかの人よりはいくらか早く線維筋痛症の診断を受けることができたので、その意味では幸運だったといえるかもしれないが、しかし確定診断を受けたからと言って、とても社会復帰どころではなかった。N医師から処方されたどんな薬を飲んでも、私の症状は改善しなかった。歩ける距離は相変わらず一〇〇メートルにも足りなかった。それ以上になると、腰関節が外れそうになって、歩き続けることができない。椅子に座ると首や背中に強い痛みが出る症状も治まらない。働きたくても働くことはできなかった。私は心の中で焦りを覚えながらも、ほとんど何もできずに四六歳の誕生日を迎えた。

今振り返っても、私は発病してから、できる限りのことはやったと思う。痛みに異常を感じた段階で、日本では知られていない新しい病名を調べ、この病気の診断ができる医師をインターネットで探し、かなり早い段階で診断を受けることができたし、治療も受けた。しかしそれらのことは、なにも根本的な解決にならなかった。痛みの原因が、日本ではほとんど知られていない病気に由来することは分かったが、それではいったい、私はどうすれば自分を救うことができるのか。自分にできることはほかには何もなく、どこを見渡しても希望を見出すことはできなかった。

翌年の一月に、私はある歯科医院で健康診断を受け、症状が非常に悪化した。歯科医は、彼の全体重を乗せて私の歯を指で押し、「ほら、揺れるでしょう？　ぐらついていますから治療を受ける必要があります」と言った。

本当に治療を受けるほど歯がぐらついていたかどうかはともかくとして、そんなふうに無理な重量が体にかかると、線維筋痛症は深刻な状態になることが多い。その日を境に、私はてきめんに、目に異常が出始めた。目を開けているのが辛く、日差しがまぶしくて目を開けているだけで非常に疲れてしまうという症状が現れ始めた。次いで、全身が重い疲労感に見舞われるようになった。身体じゅうに鉛袋をぶら下げているようで、病院の待ち時間に椅子に座っていることもできなくなり、私は恥も外聞もなく待合室の長いすに横になりながら、診察を待つようになった。

たった一回、歯医者に体重を乗せて歯を押されただけで、まるで大きな交通事故にあったように症状が悪化した。

もともとの私は、エネルギーの固まりのような人間だったと思う。

大学時代は、授業以外に英会話学校にも通っていた。その学費をアルバイトで出し、仕送りの生活費も足りなかったのでその費用もアルバイトで補った。冬はスキーに夢中になり、文芸サークルに所属して小説を書き、本も読みまくった。ドストエフスキーに夢中になって五大叙事詩を始めとするすべての和訳本を読んでしまった。成績も、就職に不利にならないくらいの優を取った。大学時代の私のあだ名は「固形エネルギー」というものだった。

その後も、仕事をしながら外国をあちこち旅行した。二〇代と三〇代はトレーニングジムに通い、バーベル上げから腹筋背筋までやり、そのほかに週二回くらいジョギングをやっていた。そのころ日本アルプスにもよく登り、日本の高い山ベスト五のうち、富士山、北岳、穂高岳、槍ヶ岳と、四座に登った（口絵参照）。仕事も忙しく、連日、朝九時から夜の八時過ぎまでやっていたこともあった。

私はもともと、そういう日常をこなすことのできる健康な身体だった。それなのに、そのころの私は、筋肉から関節から細胞に至るまで、まったく別な人のようだった。

さらに悪化する

私は少しもよくならずにその年の暮れを迎えた。痛みのほかに「重度の疲労感」という新しい症状が、くっきりと表に出つつあった。これは、痛みとは別の意味で気力を奪うし、そして自分自身への評価を著しく下げていってしまう。

私の家族は三〇歳の時に結婚したパートナーだけで、子どもはいなかった。彼は私の異常を心配していたが、私ほどではなかった。私はもともと独立心が強く、人に頼らないタイプの人なので、そういう私に信頼を寄せていたのだろうと思う。

私たちは、それぞれが自分の稼いだ給料で生活していた。生活費は折半で同額ずつ出し合う。それ以外の給料は、それぞれが好きなように使う。それで何の不都合もなかった。

私は浪費するタイプではないので、使わない給料は貯蓄に回していたが、彼はあればあるだけ使ってしまうタイプだった。私は、自分が節約型なので、彼が浪費型なのをおもしろがっていた。結婚してからずっと、私は「節約型と浪費型で、バランスが取れている」みたいな考え方だった。

彼は芸術大学油絵科の出身で、私はパートナーが絵を描いてくれていれば満足だった。ほかにはとりたてて何の要求もなかった。私自身に、彼を養って絵の費用も出せるくらいの収入があればよかったのだが、そこまでの甲斐性はなかったので、私が発病するまでは両方で働いて生活費は同額出し合うという生活が続いた。

この病気を発病することを私自身が知らなかった、発病する六年くらい前、彼の方が仕事で毎日残業が続き、絵を描くのが難しかった時期があった。私は絵を描く人と結婚したのであって、結婚してから絵を描く人がサラリーマンになったのでは話が違う。そう思い、私が毎日のようにそのことを言ったので、彼は最終的にその仕事を辞めた。収入は大きく減ったが、その結果、彼は毎日のように絵を描けるようになった。そのころは自分がこんな病気に襲われるとは夢にも思わなかった。よかれと思って言ったことが、私が発病してからは非常に不利に働いた。

発病して二年が過ぎる頃になると、かなり生活が苦しくなってきた。貯えてあったものにも終わりが見え始め、しかも、よくなる見込みはまるでなかった。私は焦ったが、どうにもなるものではなかった。四七歳になったとき、私は生活を切りつめることを選んだ。彼にも協力してもらい、生活を細かく見直した。何とかしてパートナーの収入だけで食べていけるように生活を組み立てた。

しかし、なかなか計画通りには行かず、しかも私の医療費に多額の出費を強いられた。私の病気を診てもらえる病院は遠くにしかなく、しかも私はほとんど歩けなかったから、病院に行くまでにタクシーを何度も乗り継ぐことになる。蓄えたものはさらに減っていった。

そのころ、我が家の居間にはずっと長座布団が敷きっぱなしになっていて、私は終日それに寝て過ごしていた。体中に、砂袋をぶら下げているような重量感、疲労感があり、三〇分ほども座布団の上にさえ座っていることができない。座っていると、すぐに身体が鉛のように重くなり、その重さに耐えかねたように横にならざるを得なかった。床の上に立ち上がると、地面全体が強力な磁力を放つ磁石でできているような感じで、その磁力に身体全体が引っ張られる感じになる。そのために身体がひどく重く、またすぐに横にならざるを得ない。しかも、目がよく見えなくなっていて、それは慢性疼痛症候群（線維筋痛症）のせいなのか、何かしら合併症を起こしているのか、自分でも分からなかった。医師に聞いても分からなかった。そしてそのころが、私が普通人としての意識を持っていた最後の時期だったと思う（口絵参照）。

私はそれまで、自分のことを一度も障害者だと思ったことはなかった。確かに病気になったが、でも一般の人がかかる病気と同じだと思っていた。普通に考えても、病気になったからといってすぐに、自分を障害者と思う人は誰もいないだろう。従って当時は、障害者として行政から支援を受けることは、まるで思いが行かず、家事のほとんどは、パートナーが休みの日にまとめてやっていた。

この、普通人としての意識でいた最後の頃に、私は初めて「死」を考えた。

それは障害者になるのが嫌だったからではなかった。障害者になっても生きていく甲斐はあるし、生きていく道もあると思う。その後、私が障害者としての自分を受け入れるのは、それほど難しいことではなかった。障害がある自分を受け容れるのが辛かったのではなく、私はこのころに、とても状態が悪くなった。とうてい三ヶ月は持ちこたえられないほどの痛み、ただ寝ていても地球がぐるぐる回るほどの目まいに苦しめられた。

その時に初めて、私は「死んでもいいじゃないか」という考え方を自分自身に認めた。「死ぬ」ということを、「この道もあるさ」というふうに視野に入れるようになった。それ以後、「死んでもいいじゃないか」「だから今日、明日あさっての三日くらいは頑張ろう」というのは、いわば私の標語になった。

私は我慢強い方で、そして毎日我慢していたが、それにしても、いつまでもどこまでも我慢するだけの日々だった。歩けないことを我慢する。非常な痛みを我慢する。テレビも音声だけで我慢し、本を読むことも我慢した。脳と聴覚は正常だったので、脳はなにも生産的な活動ができなくなったことをひどく苦しがっていたし、それまでの私の生活からすればしごく当然のことを、脳は毎日私に言った。本、新聞が読みたい、テレビ画面が見たい、なにかしらの刺激が欲しいと言った。私はほとんど外に出られないので、季節が変わっても外に出て何かを感じることもできなかった。

私はもともと、新しい刺激を受けることが好きだったし、出かけることも好きだった。私の脳みそは、毎日そういう新しい刺激を私に要求した。新しい季節が巡るごとに、景色はどんなふうかとか、街を歩く人のようすを知りたいといったことを私に要求した。私は毎日まいにち自分の切実な要求を感じていたけれども、しかしそれをどうすることもできなかった。そういった切実な要求は、私にはひどく辛いものだった。そういう要求を感じるたびに、私は涙があふれて止まらなかった。

それにしても私は、何の役にも立たなくなっていた。仕事ができないだけでなく、家事ができないし、料理も作れない。自分の昼ご飯だけは、冷凍食品を電子レンジで溶かして何とか食べていた。しかし筋力は弱まっていて、水が入った食器が重く、食べた食器を洗うこともできなかった。

ゴミ袋が重くて捨てに行けなかったし、引き出しも重くて開けられない。ハンガーから服を外すこともできない。飲み物が入った容器を冷蔵庫から出すこともできない。すべてパートナーが外から帰ってくるのを待って、彼にやってもらうほかにはなかった。惨めだったし、毎日が辛かった。自分一人では何もできない状態で、ただひたすら毎日、家族の帰りを待つだけの日々だった。

第2章

暴力と虐待

暴力の原因

私が発病した原因には、いくつかのことがあるように思う。その中でも私がとくに発病と近い関係にあると思うのは、私が幼い頃から受けていた経験である。

それは両親による暴力と虐待である。

私が親に初めて叩かれたのがいつのことなのか、記憶がはっきりしない。物ごころがついたころには、すでに毎日のように叩かれ、殴られていた記憶がある。

私はとてもおとなしい子どもで、よちよち歩きの頃も、特別親を困らせることもなく、たとえば薬の空箱をおもちゃにして一人で何時間でも遊んでいられるような子どもだったらしい。そういう子どもがなぜ毎日親に殴られていたのか、はっきり記憶がないのだが、ともかく、記憶にある最初の頃から、私はいつも親にぶたれ、怒鳴られ、殴られていた。

幼かった私は、自分に悪いところがあるのだと思い、自分への評価は非常に低いまま育った。それはずっとあとまで尾を引いて、小学校、中学、高校と、私の自分自身への評価は低いままだった。低いどころではなく、私はずっと、家族とうまくやれない性格破綻者なのだと思っていた。

しかし、あとからいくら考えてみても、私のほうに殴られるような落ち度は思い当たらない。私は子どもらしい悪戯とかお転婆とか、あるいは人に迷惑を掛けたり、万引きなどの盗みをはたらいたり、そんなことは一度もしたことがなかった。どちらかというと、私は学校の成績もよく、おとなしく、いつも本ばかり読んでいる子どもだった。子どもが殴られて当然のようなことは一度もしたことがなかったように思う。

私への暴力の原因について成長してからいろいろ考えたが、二五歳の時に考えた私の結論は、両親が未熟だったからというものだった。

私が生まれたのは母が二四歳で父が二八歳くらいの時だった。まだ若くて未熟だったから、子育てがうまくできなかったのだろう。二五歳の時に私が考えたのはそういうことだった。

未熟な人間を責めても仕方がない。誰でも未熟なときはあるのだから、私はそう思い、親にふるわれた暴力、理不尽な仕打ちを水に流そうと思った。

しかし四四歳で発病してから、私は親の暴力を我慢し水に流したことが、私にとって正しい行為だったのかどうかを何度も考えた。

親にとっては、そうやって水に流してくれることは正しい行為に違いない。しかし私にとってはどうだったのか。毎日親に殴られていた子どもの私は、全てを水に流すという私の行為を納得していたのか。

発病したあと、親の暴力によって受けた自分の心身の傷のことを何度も考えた。私は母親が乳癌になって入院し、仕事の帰りに毎日欠かさず見舞いに行っている最中に発病した。母を毎日見舞いに行っていたことが、もしかすると私の深いところで非常に大きいストレスになっていたのではないのだろうか。

果たして幼かったころの私は、さんざん傷つけた両親を簡単に許した大人の私を、どう見ていたのだろうか。

両親の暴力は、幼いころから最終的には二三才になるまで続き、日常的にそれが続いていたこともあって、暴力を振るわれた回数はおそらく一〇〇〇回を越えていると思う。日常的に叩かれ殴られていれば、たとえば週二回の暴力が一五年続けば一五〇〇回を軽く超える。そして、私自身の身体の記憶として、振るわれた暴力は一〇〇〇回を超えているという感じがある。

幼い頃、私は自分への暴力についてほとんど誰にも言うことができなかったし、言ったところでその状況を変えてくれる人は一人もいなかった。ただ暴力に耐えるしかなかった私は、本当は、心の中に大きな怒りや哀しみ、ストレスを抱えていたのではないだろうか。

私には、幼かった頃、母親といて楽しかったという思い出が一つもない。ただ、母親が私を見るときの、凄まじい目つきだけは覚えている。私は、誰かに博子という名前を呼ばれるのが嫌いで、それはたぶん、小さい頃にこの名前を呼ばれることに付随した楽しい思い出が一つもないからだろうと思う。だから、博子という名前を呼ばれることに楽しい連想が働かず、この名前を呼ばれるのが好きではないのだろう。私は十代のころ、ずっと自分が性格破綻者だと思っていたが、なぜ私は自分を性格破綻者と思うようになったのだろうか。なぜ長いあいだ、自己評価が低いままだったのか。私は発病してから毎日考えた。

子どもを殴るのは、身体を痛めつけるだけではない。子どもの自尊心を損なうことでもある。殴られると痛いだけでなく、恥ずかしいし惨めだ。

子どもにとっての自尊心は、自分を守るための大切な動機付けだと思うし、手がかりだと思う。自尊心を傷つけられ続けると、子どもは最終的に自分を守れなくなってしまう。

私は性格破綻者ではない

子どもの頃の私には、ずっと自尊心が不足していた。これはその後の人生でハンデになった。ずっと殴られ続けていたので、男性と話しているときに相手が何気なく手を挙げると、（殴られるのではないかと）条件反射で身を引いてしまうことがずっと続いた。ある年齢になればいろいろな男性が近寄ってくる。しかし私はそういうときも、交際を断ると相手から殴られるのではないかという怯えがいつも神経の底にあって（「そんな馬鹿な」と頭で分かっているのだが）そういう誘いを断れたためしがなかった。

私がまともに男性とつきあえるようになったのは、大学に行って、クラスメートやサークルの友達、英会話学校の友達、さまざまな男性何十人と話して、「男性は自分を殴らない」ということを理屈ではなく体で分かってからだ。自分を殴らない大勢の男性たちと、実際に話をしてみて、「男性は自分を殴らない」ということを、頭ではなく体と神経がようやく納得し、私は男性と普通に付き合うことができるようになった。

私は十代の頃に、家族とうまくやれない性格破綻者だとずっと思っていたのだが、しかし、そんなことはないということを、一八歳の時に実家を出てアパート暮らしを始めてから初めて知った。アパートは炊事場とトイレが共用だったから、私は隣部屋や向かいの部屋の人ともすぐに親しくなった。どの部屋の人とも仲良くつきあえたし、喧嘩することももちろん殴られたりすることもなく、毎日を楽しく過ごした。仲よく銭湯にも通った。

「私は一つ屋根の下の人とも仲良くやれるのだ」目からウロコが落ちた気分になった。私のそれまでの家族との生活は、何だったのだろう。そして改めて、自分が精神的に傷だらけだったことが客観的に見えた。私はそれを知ってから、逆に自信をつけたし、自分が身近な人に愛情を注ぐタイプであることを、生まれて初めて知った。

私は性格破綻者ではないし、家族とも一緒に暮らせる人なのだと思った。それに、一緒に暮らしたからといって、私を殴る人は誰もいない。このことは、私にとってはとても新鮮な発見だった。

そして私にはいつのころからか、「いつかかならず多数の男たちに強姦される」という強迫観念があった。それに取り付かれたのはおそらく高校を卒業するくらいの頃だったと思うが、私のなかには、かなり長いあいだそういう固定観念があった。普通は誰もそんなことは考えないと思うのだが、私には、いつか必ずそういうときがやってくるとしか思えなかった。いざというときは、たとえ周りに誰がいたとしても、きっと大勢の男たちに殴られたり押さえつけられたりして、悲惨で惨めな目に遭うに違いない。それはいつやって来るか分からないが、でもきっとある日突然それが起こる。恐怖と、屈辱的なイメージと、きっとそれが起こってしまうだろうという諦めなどが、いつも渾然一体となって頭のどこかにあった。しかし相当強かったこの強迫観念は、誰も自分を殴らないのだということを体が実感してから、いつの間にか消えていた。

それにしても、なぜ私はあんなに殴られたのだろうか。

私は慢性疼痛症候群（線維筋痛症）を発病してから、自分自身が二五歳の時に考えたことに疑いを持つようになった。ただ、子育ての時期に不安だったという理由だけであれば、両親の暴力が、最終的に大学卒業後の二三歳まで続いたというのは、つじつまが合わない。私自身は、病気の発病には、自分の子どものころの経験、具体的には両親の暴力と虐待が関係していると感じているが、発病してからそれを母親に言ったところ、母親は非常に怒って、数年間、私に連絡をしてこなくなった。

母親はいまだに、なぜ自分があれだけ娘に対して暴力的だったのか、正確なところを私に話そうとしないが、発病して三年ほど経ってから、実家では弟が結婚して家を出るという出来事があり、その後、母は性格的に優しい私に頼る気持ちが芽生えたのか、私の方に積極的に接してくるようになった。私はそこでやっと、私にふるわれた暴力の原因に結びつきそうな話を聞くことができた。

私自身は、私の育てられ方には暴力以外にもさまざまな問題があったと思う。しかしその問題が激しい痛みをもたらすこの病気の発症と関係があるかどうかは、正直に言って、私には分からない。しかし子どものころに受けた精神的なストレスが、この病気の発症と無関係とは思えないので、以下に自分の経験を書いてみる。

医師の娘

私の母親はY県のY市出身だが、母の母、つまり私の祖母の実家は、代々、U藩の藩医を勤めた家だったということだ。祖母は戦前、京都大学医学部を出て医者になった祖父と結婚した。祖父は、Y市に初めてレントゲンを導入するのに力を尽くした人だったという話を聞いたことがある。祖父が院長をしていた医院は入院病棟もあり、タクシーの運転手に名前を告げれば、場所を説明しなくてもわかるくらい地元では名前の知られた医院だったようだ。つまり母は、地元ではいい家と言われるような家で育った。

母の父は医者で、母の姉二人も医者と結婚し、弟のうち一人は医者になった。そのほかにも親戚には医師が多い。私の記憶では、母の実家には、医者でなければ人であらずといった雰囲気が昔からあったと思う。母の家族や親戚の人たちは、医師をそれ以外の人よりランクが上と位置付ける価値観が昔から強固に存在していたとも思う。

その中で、母は姉たちと違い、サラリーマンと結婚した。私の父は農家の三男で、父は子どものころに父親を亡くし、一四歳上の兄を父親代わりのようにして育った。父はY大学の学生だったころ、実家が裕福ではなかったこともあり、実家で取れる米を下宿代代わりに母の父の家、つまり母の実家に住み込み、そこから大学に通っていたらしい。母の父、つまり祖父は地元では「教養のある立派な人」と思われていて、地元の貧しい学生たちを支援したりしていたようだ。祖父は「立派な人」と思われていただけでなく、実際に「医は仁術」を地で行った人だったというのを、私はいろいろな人に繰り返し聞いた。祖父が雨の日も雪の日も往診を嫌がらず、医師としての勤めを立派に果した人だったというのは、祖父が亡くなったあと、何度も聞いた記憶がある。私の父は、医院の便所掃除を率先して行って、祖父に気に入られたようだ。そして祖父の三人の娘のうち一番年下だった私の母と結婚した。

母は、結婚してからたぶん、それまでいい家のお嬢さんという目で見られたり、他の人とは違うように扱われていた自分が、ただのサラリーマンの妻という身分になってしまったことに、失望する気持ちが大きかったのだろうと思う。

率直に言えば、母の自尊心はずっと、父が医者だったりとか、地元では尊敬されている家の娘だったということに依存していたのだろうと思う。しかし結婚してから、その自尊心の依って立つところが消えてしまった。

父が母と結婚したのは、太平洋戦争が終わって一〇年も経っていないころで、就職難でもあり、父は結婚後も何回か転職し、最終的な仕事を見つけるまではいろいろ大変だったようだ。母はそういうなかで、女中部屋まである大きな屋敷だった実家とは違う、小さなアパートや貸家で、経済的にも苦しい生活を送り、そういう生活を続ける中で、私が最初の子どもとして生まれた。

前にも述べたが、私は物ごころがついたころから、とてもおとなしい子どもだったと思う。泣いたり喚いたりして親をてこずらせたような思い出は全くなく、ほかの大人にも、いつも「おとなしいね」と褒められた。幼稚園のころや小学校低学年のころを思い出しても、いるのかいないのかわからないような、静かな子どもだったような気がする。

謝恩会の伴奏者

私は学校の成績もいいほうで、六歳から始めたピアノもかなり上達した。

私にピアノを習わせるのは母が決めたことだった。母は、私がピアノを上手に弾けたり、学校の成績がいいということに、幼いころから非常にこだわった。しかし私は、母がいつも凄い形相で私を追い回してピアノの前に座らせたので、たぶん、練習が嫌いになってしまったのだと思う。私はたいていの場合練習をさぼり、先生のところに行く直前になって、練習していないのに行かなければならないということにパニックになった。それを見た母が、さらにものすごい形相で怒った。私が泣きながら母の前で土下座し、「ごめんなさい、ごめんなさい」と謝った思い出が何度もある。母からピアノの練習を強制されるときに、私は数限りないほど、母から殴られている。それでも結果的に私はピアノが上達したが、上達したのはたぶん、ピアノそのものが私に向く楽器だったからだろう。

当時はまるで考えもしなかったが、今思うと、私は母の自尊心を満足させる部分もある子どもだったのだと思う。

小学五年生のときに私は、六年生を送り出す謝恩会の席で、五年生全員が合唱する歌のピアノ伴奏者になった。謝恩会には、五年生と六年生全員、その父母が出席するので、その会場でたった一人ピアノの前に座り、合唱の伴奏する私は非常に目立ったと思う。しかし私は練習の時からものすごく緊張してしまい、伴奏する譜面の順番を何度も間違えて、ものすごく恥かしい思いをした。この謝恩会について、私自身は思い出すたびに苦痛を覚えるような、屈辱的な思い出しか残っていない。しかし当時は狭い団地暮らしだった母は、私がそういう目立つ席でピアノ伴奏者になったことが、非常に鼻が高かったようだ。

母は、私がほかの人にどう見られているかということに、ものすごくこだわった。だから、私が人前で少しでもへまをしたり、母に恥をかかせたりすると、あとから大変なことになった。家に帰ってから母に小突きまわされ、怒鳴られ、殴られ、泣きべそをかきながら何度も何度も母に謝ることになった。

私はふだん、そういうことから意識をそらして生活していたと思う。

子どもだった私は、おそらく防衛本能から母の目つきとか、怒鳴り声とか、そういうものから逃げて、本の世界で暮らしていた。私は小学生のとき、延べで一八〇〇冊の本を読んでいる。小学生としては異常な数字だと思う。もちろんそれだけの本は買ってもらえず、同じ本を繰り返し読んだということだ。文章を読めるようになって最初に読んだ「小公子」などは、おそらく八〇回くらい繰り返し読んでいる。小学生のころ、私には毎日まいにち、一日も欠かさず本を読んでいたという記憶があって、たぶんそれは、両親の圧迫から自分を守るため、辛さから逃れるための現実逃避だったように思う。

今になって、私に振るわれた暴力の理由を考えると、およそ次のようになる。

母は、結婚して失ってしまった自尊心のよりどころを、私に求めたのだと思う。私が人よりピアノが弾けたり、勉強ができたり出来のよい子と褒められたりすることで、彼女は自尊心を満足させていたのではないだろうか。

母はおそらく、実家を離れたら、自分の面目を保つものを何も自分の中に持っていなかったのだろうと思う。しかも彼女は努力が嫌いなタイプで、自分は努力はせずに、ほかの人に努力をさせ、それを自尊心のよりどころにするのに、娘の私はうってつけだったということになる。そんな勝手な理屈はないだろうと思うのだが、母のほうには、それをするだけの強力な理由があった。母は、自分が医者の娘で、医者一族の出身であるということで、選民意識のようなものを持っていた。

確かに我が家では、医者の家の出身者は母しかいなかった。私はサラリーマンの娘で、医者一族出身の母は、家の中ではワンランク上の人間ということになる。サラリーマンの娘である私より上位であるということで、母は自分の行っていることは正しいといつも言っていた。「私の言うことは間違いないんだから。私の言うとおりになるんだから」というのが母の口癖だった。私が何を言おうと聞く耳を持たなかった。

母の機嫌

母が私を支配する方法としては、叩いたり気に入らないことがあると大声を出して私を黙らせたり、友達の前で意図的に私を叱り、面子をつぶして私を屈伏させるようなこともあった。気に入らないことがあるたびに私の体面を傷つけるのは、心に穴が開きそうなくらい辛い経験だった。私が話しかけても無視するという方法もあった。子どもの私は母親に無視されれば不安で生きていけないから彼女のご機嫌を伺うようになる。そして母親はおそらく自尊心や自分の見栄を満たすために小さな私を酷使したが、しかしそれは不自然だし、子どもである私の方に、反発心や怒りからくるサボタージュが起こることもたくさんあっただろうと思うが、母はそれを暴力や抑圧で粉砕した。

私は父親に、煙草の火を押し付けられたり、繰り返し暴力を振るわれていたが、それは、娘が自分の思う通りにならない時に、母が私のいないところでそれを父に訴え、その結果として父親が私を殴り、私に「言うことを聞かせる」という一連の流れを、母が常に心理的に後押ししていたからだと思う。私は、父親が私を怒鳴る背後で、もの凄い目つきで私を見ていた母の目を今も覚えている。

一方の父は、娘の私に暴力をふるうことをどんなふうに思っていたのだろうか。

父は他の人と同じように、医者だった母の父をずっと尊敬していたと思う。父の幼い頃は「おしん」というテレビドラマのような大変な生活だったようで、山深く貧しい農家出身の父が、地元では名を知られた医院の、尊敬を集める院長の娘と結婚したのだから、父自身はそのことをずっと自尊心のよりどころにしていた。だから父は、小さな子どもの私よりも母の機嫌のほうがずっと大事だったのだろうと思う。母が、何の躊躇もなく私を自分の都合のいいように酷使するので、父も私を手荒く扱ったのだろうと思う。

父から手に煙草の火を押し付けられたのは九歳ごろのことだったが、そのときも、私は椅子に座っている父の前に立たされて、何かのことで怒られ、たぶんいつものように、聞いているのかいないのか分からない様子でぼんやりしていたと思う。もちろん泣いたりわめいたりしていたわけではなく、立ったまま横の柱に寄りかかり、ぼんやりとしながら父の話を聞いていた。

母はそのとき、父に叱られている私のようすを見守るような感じで、私たちの横にいた。父はいきなり、「なんだその態度は！」というようなことを言って、吸っていた煙草の火を私の手に押し付けた。煙草の火の熱は八〇〇度あるそうだ。火がついた煙草の先端が、幼かった私の手の甲で潰れ、火はこなごなになって、履いていたスカートの上に落ちた。火が落ちたところの繊維はあっという間に溶け、化繊のスカートは何ヶ所も穴が開いた。父が押し付けた煙草の火は熱くて痛かった。

母はさすがに驚いたのか、「もういいから」というようなことを言って、私を別の場所に連れて行った。火傷の手当てをしてもらったような覚えはあるのだが、さほど大ごとになったような覚えはない。医者にも連れて行かれなかった。警察に行くようなことも、もちろんなかった。穴が開いたスカートは二度と履けなくなった。そのことで、母は父に文句を言っていた。火傷の跡は一時ケロイドになり、四〇年以上たった今でも、左手の甲にうっすらと残っている。

父のパフォーマンス

父は私に、なぜそんなことをしたのか。

いくら思い返しても、その時の私に、煙草の火を押しつけられるような重大な落ち度があったとは思えない。落ち度があろうとなかろうと、九歳の少女の手に煙草の火を押しつけるのを正当化できる理由がこの世にあるとも思えない。

もし仮に、公園か何処かで、誰かよその男の人が、遊んでいた九歳の少女の手の煙草の火を押しつければ大変なことになるだろう。親が見ていれば飛んできて、おおごとになるに違いない。父は、誰も守る人がいない自分の娘だから、煙草の火を押しつけたのだろう。父を訴える人もいなければ、「自分の娘によくも」という人もいないし、自分が安全な場所にいられるので、そういうことができたのだろう。そういうことをされても仕方のない位置に私がいたとしか、言いようがない。

また、私は小学生のころから幾度となく、父から「家庭のもめ事の原因は博子にある。すべて博子が原因である」と言われてきた。父が仕事から帰ると、母は、私がいないところでいつも、娘が母親の欲求に応じずサボタージュしているとかいうことを、細かく訴えていたのだろうと思う。

父はおそらく、疲れて帰ってくるたびに母が私のことをあれこれ言いつけるのがうるさく、迷惑だったのだろう。しかし母にはそれを言えなかったので、私に向けて言ったのだ。たぶん父は、医師ではない自分と結婚した母に向けて、自分が頼りになるというパフォーマンスをしなければならなかったのだろうと思う。母が求める欲求に応えなければならなかったのだ。

そのパフォーマンスの対象の一つが私だったのだろう。母が陰で私を非難するときは、非難に応じて私を怒鳴ったり叱ったり、それでも素直な態度が見えないときは叩いたり殴ったりした。そういう行為で、父は、自分の存在感を母に見せていたのだろう。

私は父の言葉を聞いて、私は性格的に破綻しているらしいと思った。私は家族にいつも迷惑をかけていて、もめ事の原因はすべて私にあるらしいと思った。私には自信というものがなかった。私は家族という存在と、一生うまくやっていけない人間なのだろうと思った。

母はプライドが高くて人の忠告を聞かない。母に対して本当の意味で注意ができるのは、母が育った実家の人々だけだ。ましてやサラリーマンや、その家族には、何を言われてもまるで聞く耳を持っていない。父も子どもの私より、いわば身分の高い家からもらった妻の言い分を優先したのだろう。

幼い頃から、私の自我や自己主張は、母には都合の悪い代物でしかなかった。母は、こまかく私に干渉して、母に都合の悪い自我が育っていないかどうか、いつも監視していたように思う。

家で暮らしていたあいだ、私は自分に自信がなく、いつもびくびくしていた。母は私が小さい頃から、一度も私を評価したことがない。私が誰かに褒められたり、いい子だねといわれて喜んだりすると、あとで母からものすごい勢いで非難された。「図に乗っている」とか「うぬぼれている」「しょってる」といった、私自身を否定されるようなことを何度も言われた。

母は、私が褒められる手柄は全部自分が持って行き、私自身には穴の開いたボロ雑巾のようなセルフイメージしか残さなかった。

たぶんそのために、私は小さい頃からずっと自分自身を評価することができず、自分が人にどう思われるかということで絶えず緊張を強いられていた。そして、自分が自分に下す評価よりも、たとえ相手が誰であろうと、人が自分をどう見るかで自分を判断するような習慣が定着してしまった。今思えば、それは意味のない、自分を圧迫するような習慣でしかなかった。

中学を卒業するまで、私への母の執着は続いたと思う。しかし、中学から高校に移るときに、私は成績からすれば当然入れたはずの、成績上位一割の生徒が行く高校の入試に失敗してしまった。私は当時、自分にぜんぜん自信もなく、自尊心というものもなく、自分の中に頼れる拠りどころがなかった。このままでは上位一割が行く高校に入れないといわれても、自分の何を頼りに勉強したらいいのかわからなかった。なによりも、幼いころからの両親による抑圧の結果だと思うが、家にいても勉強自体ができなくなっていた。私はその高校をあきらめ、その次のランクの高校に入った。私には自尊心もプライドもなかったので、それを特別にどうとも思わなかったが、どの高校を選ぶかというときに、下のランクの高校では博子のプライドが許さないだろうみたいなことを母が言うのでびっくりした。プライドという言葉が母から出てきたので驚いた。母は、私がプライドを持つことなど、ずっと認めなかったはずなのだ。

そしてその高校で、私は入学してからすぐの中間試験で、クラスでも下から数えて数番目という成績を取った。入試の成績は相当上位だったはずなので、担任はびっくりしたようだった。父母面接でその成績について聞いた母は、ショックを受けて学校から五キロくらいの道のりをバスにも乗らずに歩いて帰ってきた。

私には自尊心もプライドもなかったので、それを聞いても大したショックは感じなかった。そして、その日を境に、私は母に捨てられたという感じを持った。母は心の中で、私という駒を捨てて、成績のよかった弟を自尊心の拠りどころとすることにしたようだった。親に捨てられたという感覚は、それはそれでショックでないことはなかったが、その分、私は自分自身を、母から少し離れたところで育てられるようになったような気がする。四つ下の弟は当時小学生だったが、私より勉強ができた。母は私を捨てて、弟に期待をかけるようになった。

自分で自分を育てる

私は、高校に入ると部活動に卓球部を選んだ。私は、中学の頃から、自分の親がおかしいという感じを抱いていた。どう考えても、私は自分の親が尊敬できなかった。勝手で、自分の都合ばかり押しつける。言うことがその時々によって違う。何より、本当に子どもである私のことを考えているのだろうかということが疑問だった。私は、このままではだめだと思っていた。

「私が私を育てないと自分は育っていかない」

そういう意識が中学のころから芽生えていたと思う。自分を親に任せておいては、駄目になるばかりだ。自分で考え、自分で行動を決め、自分で自分を育てる必要がある。そういう感じが中学くらいから強くなっていた。

私には幼い頃よりずっと、相当に強い運動コンプレックスがあった。小学生のときから本ばかり読んでいたので、スポーツは全くできなかった。運動会でも、徒競走はびりか、びりから二番目だった。運動能力テストのソフトボール投げではいつも一〇メートルにも届かず測定不能といわれた。鉄棒の逆上がりは小学校高学年になってもできなかった。このままでは私は、一生、スポーツに対して強いコンプレックスを持ち続けることになるだろうと思った。

私は手足が華奢で小さく、体も華奢なほうだった。大きなボールを扱うバレーもバスケットもとうてい私には無理そうだったので、私にできるスポーツは卓球くらいしかないだろうと思った。

私は卓球部に入り、一生懸命に練習をし始めた。朝練習にも欠かさず出た。母は最初は何も言わなかったが、私の成績が急降下すると、文句を言うようになった。

入学してからしばらくして、卓球の大きな地方大会があった。全員が個人戦を戦う大会で、私は毎日練習に出ていたし、試合にも当然出るはずだった。しかし母は、私の成績が落ちたことで、卓球部を辞めろと言うようになっていた。その試合が近づいてきても、行くなと私に言う。試合の前日になっても、母は私に、試合には行くなと言った。行ったら許さないという。しかし、そんなことはできないし、一年生だった私は下級生の仕事として、試合前に練習で使うボールを預かってきていた。私が万が一、それを持っていかないと、卓球部全員が、試合前の大事な練習ができない。私は母にそのことを言って、私は行かなければならないと言ったが、母は聞き入れなかった。翌日、私は一人でこっそり朝早く起きた。残りご飯を使ってお握りを作り、家からそっと出かけようとした。

母がそれを見つけて、行くなと私に怒鳴った。私がそれでも玄関から出ようとすると、母は玄関の三和土に降りてきて、私に激しい勢いで体当たりを食らわせた。その弾みに、私が握ったお握りが三和土に落ちて、硬くなったご飯で作ったお握りは、三和土の上でぼろぼろになった。私はものすごい勢いで突き飛ばされて三和土の上に転び、泣き出した。そしてぼろぼろになったお握りを懸命に手で拾った。それでも出て行こうとする私に、母は「駄目だ」といった。「卓球部も辞めるんだから」と母はそれが規定路線のように言った。私にとっては、辞める辞めないどころの話ではなかった。私が行かなかったら、その日、卓球部全員が試合前の練習ができないのだ。

高校に入ってからも、私はことあるごとに暴力を振るわれていた。それじたいは特別なことではなかったが、その朝に起こったことは、私にとってはとりわけ辛く苦しい出来ごとだった。もし私が試合に行かなければ、先輩も含めた卓球部の全員が、試合前の練習ができないことになる。そのために、ずっと朝練も含めて練習してきた卓球部の全員に、迷惑をかけることになる。私はそれを母に何度も言ったが、聞き入れられなかった。そのうちに父が起きてきた。「駄目だ！」父が怒鳴った。そうこうするうちに、どんどん時間が過ぎていく。やがて集合には間に合わない時間となった。はっきりとした記憶がないが、私はたぶんそのとき大声で泣き叫んだと思う。恥も外聞もなかった。私が行かなかったら部の全員に迷惑がかかる。私としては何としてもそれだけは避けたかった。

私が玄関先で朝早く、隣近所に聞こえるような大声で泣き叫んだので、たぶん父も母も、それ以上私を止めることができなかったのだろう。私は家を出ると大急ぎで試合会場に駆けつけた。しかし、やっぱり集合時間を二〇分も過ぎて、試合会場の中で私の高校だけが、練習を開始できない状態で私の到着を待っていた。先輩たちは何も言わなかったが、陰で私を非難する声が聞こえた。しかし私にはどうすることもできなかった。幸いなことに、それ以上、誰も私を責めることは言わず、試合は普通に始まった。

その日を境にして、私は自分の意識の中で、親を捨てた。自分の親だと思うから、悲しいし情けない。自分の親だと思うから、なぜ自分がこんな目に逢うのだろうと思う。なぜ親なのに、こんな風なのかと思う。しかし親だと思わなければ、情けなくもないし、悲しまなくてもいい。親だと思うからいけないのだ。親だと思わなければ、つながりがあると思わなければ、悲しくない。

私は心の中で「この人たちは親ではない」というフィクションを作り、その後も何かあるたびにそれを繰り返し自分に言い聞かせ、怒りを覚えたり理不尽と思うことに耐えるようになった。

親を心の中で捨てたあと、私はすべての面で、自分自身で自分を育てることにした。だから、今でも私と親との考え方や価値観などは、かなり違っている。

私はこの出来ごとが起こって以降、親の言うことはすべて、自分自身とは一線を引いて考えるようにした。親の言うものごととは違うところで、私は自分の考えを育て、価値観を育て、どう生きるかということを考えるようになった。

その後、結局、私は卓球部を辞めなかった。なぜ辞めずに済んだのかは、はっきりと覚えていない。私の学校の成績は相変わらず芳しくなかった。母は成績の悪い私のことにはあまり関心をもたず、おもな関心は弟の方に向いたので、私の行動に、自由になる部分が増えていたのだろうと思う。

私は自分のなかに強く存在していた運動コンプレックスを解消するために、まじめに練習した。フットワークを使って卓球台の右と左に来るボールを打ち分ける練習では、両足の親指の皮がすべて剥けて痛かった。夏の合宿では暑さで倒れる仲間もいたが、私は弱音を吐かなかった。

卓球じたいはあまりうまくならなかったが、反射神経は身についた。そして運動コンプレックスも解消した。私は高校一年の体育祭二〇〇メートル徒競走で、生まれて初めて八人中三番に入り、三年の時には、地方の卓球大会三年個人の部で優勝した。運動コンプレックスがなくなったおかげで、働くようになってから五キロのジョギングをしたり、トレーニングジムに通って筋力を強化することもできたし、山登りにも挑戦できた。一年のときには卓球部を辞めろとうるさく迫ってきた親だったが、三年になって私が地方大会の優勝盾を持ち帰ったら、それを褒めることはせずに、その盾だけを部屋に飾り、母は私がいないところで人に自慢していたようだ。

一人暮らし

結局、親による私への暴力が完全に止んだのは、それより非常に遅く、私が二三歳のときだった。

そのころ、母は私が就職したことをきっかけにして、大学時代はアパート暮らしをしていた私を実家に呼び戻そうとした。母親は、大学生時代に私がアパート暮らしだったことが非常に不本意だったようで、就職したあとは、私が実家に帰るということに非常にこだわっていた。

今思えば、一八歳まで自宅にいた時期、私は親の暴力や言葉によってさまざまに傷つけられ、精神的にも肉体的にも傷だらけになっていて、それを回復させるには、どうしても親から離れて暮らすことが必要だったのだと思う。そしてそれが、自分の回復のためにとても役に立ったということが、あとから振り返ればよく分かるのだが、幼い頃から私を傷つけたことをまるで自覚していない母親は、私が就職したら自宅に呼び戻すものと決めていたようだった。

母があまりうるさく言うので、私は一度は自宅に戻ることに決めた。しかし一年も経たないうちに、私は再び家を出て一人暮らしを始めると決めていた。自宅にいると、私が私でなくなることを強く感じたからだった。

私の親は相変わらず、私個人の人格、私の価値観をまるで認めていなかったし、そんなものが私の中にあるとも思っていなかった。私が自分自身に認めている価値や、他人が認めてくれる価値についても、親はまるで眼中になく、子どもの頃のように、私の中にある自我や考え方など、自分に都合の悪いものは認めない、そういう姿勢のままだった。私にとって、この世の中で自分の親ほど、私の努力や身に付けた価値観を、無視しようとする人間はほかにはいない。

私がどう自分を育てようと、私の親は、そんなものにはまるで興味がないので、そういう人間の間にいれば、またストレスで自分自身をすり減らしてしまうのは明らかだった。私は再びアパートを借り、家を出ると母親に宣言した。そして住むアパートを自分で探し、引越しの準備を始めた。

仕事をしているのだから、もちろん自活できたし、大学時代、私は節約して暮らすことに非常に上達していたので、もらう給料だけで十分に暮らせる自信はあった。自分でアパートの敷金礼金を払い、引越しのための段ボールを集め、荷物を詰め始めてから、母親の態度が激変した。

その前から母親は私に「アパート暮らしなど許さない。引越しなどさせない」と言って、冷ややかに私の行動を見ていたのだが、いよいよ段ボールで荷造りし、引越しができるという段階になると、母親の狂気のような暴力が始まった。せっかく荷物を詰めた段ボールを、母親は、次から次へと力まかせに引きちぎり、穴を開けて使えないようにしていった。私が「止めてくれ」と言って母の手を止めようとすると、母は私を部屋の隅に突き飛ばした。私は、いい加減にしてくれと苦々しく母の行動を見ていたが、次には、今度は父親の暴力が始まった。

父は「いいかげんにしろ」と私を怒鳴り、殴ろうとして私を追いかけた。私は逃げ回ったが、部屋の隅に追いつめられて、それ以上逃げられずに、殴られまいと畳に体を預けて両足を父親に向け、殴られないように抵抗した。すると父は、私の片足を持って家の中を引きずり始めた。止めてくれと言っても聞かない。そのときタイトスカートをはいていた私は、スカートがウエストの位置までめくれてみっともない格好になった。父親は、その格好のまま私を家中引きずり回し、玄関まで引きずって行って、私を玄関の上から三和土に突き落とした。

母親が父の前で、これだけ私が家を出ることに反対しているのだから、父親は、私が小さかった頃のように、母親の前で私に激しく暴力をふるうというパフォーマンスをする必要があったのだろうと思う。しかしこれは、親が子どもにしてもいい範囲を超えている。女性にしていい範囲も到底超えている。いわばリンチに類する行動ではないだろうか。そういう暴力に晒されても、当然ながら、私は決意を曲げなかった。母は、父親が私にそこまでの暴力をふるうのを見て納得したのかどうか、それ以上は、父親にどうしろという要求はしなかったようだ。

私自身はそのときに受けたショックがあまりに大きかったらしく、その後の記憶がほとんどない。どういうふうに引越ししたのか記憶もない。しかし私はその後、最初に決めたとおりに一人暮らしを始めた。

父親のリンチに近い暴力でも私が意志を曲げなかったのを見て、母は、今度は、とある宗教団体に頼ったようだった。母は、引っ越した私のところに電話をかけてきて、どうしても私に、ある宗教団体のところに一緒に行ってくれと言う。「ただ、一緒に行くだけでいいから」と電話をかけてきては何度も何度も言うので、私はついに根負けして、その宗教団体のところに母親と一緒に行った。母は、そこの指導者のような男性に、私に家に戻るように説得を頼んでいたらしい。しかし、私がその男性に、それまでの経過や自分のことを説明すると、その男性は、「この女性（私のこと）はしっかりしている。あなたが言うような人ではない」という意味のことを言って、「家に帰れと言うのは無理だ」ということを母親に言った。そのとき、母が心底口惜しそうに、憎らしそうに私を見たときの凄い目つきを、私は今でもよく覚えている。

その後、父親の暴力は、あるきっかけを境に止んだ。

何かの用で、私が実家に一時戻ったとき、また何かのことで、父親が私を殴ろうとした。

すでに私は二三歳になっていたが、しかも、家を出て一人暮らしをしていたのだが、まだ父親は、何かあれば当然のように私に暴力をふるった。

私はそのころになると、殴られないようにいろいろ知恵を絞るようになっていた。居間で父親が私を殴ろうとして、私は殴られないように台所に逃げた。父親が肩を怒らせて追いかけてくるのが分かった。必ず殴られると私は思った。私は台所に入り、扉を閉めた。扉を開けて父親が入ってきた瞬間に、私はテーブルの上に置いてあったハードカバーの本を父親の顔めがけて投げつけた。本の固い角が父親の額に当たり、父親は額を少し切ったようだった。私は、さらに激しい暴力が来るかと身構えたが、父親は、私が反撃してくるとはまるで思っていなかったようで、自分が小さな怪我をしたことでショックを受けたようだった。父親は「ここを切った、ここを切った」と額を指さして何度も言った。自分が大変な怪我をしたようなショックの受け方だった。

父親は、急に怒りがしぼんでしまったようになって、その場はそれでおしまいになった。それ以後、父親は二度と私に暴力をふるわないようになった。

そうか、反撃されるのなら暴力はふるわないわけなのだと私は思った。長年の私への暴力は、その程度のものだったのだ。父親にとって、どうしても暴力に訴える必要がある、必然性があるといったものではなく、根拠の浅い、その程度の意味しかない代物だったのだ。

「なんだ」と私は思った。父親は、暴力をふるうことに何らかの意味を見いだしていたのではなく、ただ、私からは絶対に反撃を食らわないという確信があり、それゆえの気楽さで、長年のあいだ、何度も何度も私を殴ってきたのだと思った。私の手の甲には、父親が煙草で付けた火傷の跡が、そのときもまだくっきりと残っていた。その火傷の跡は、いったい何だったのだろうかと思った。

いったい、長年の私の我慢は何だったのだろうか。私はたぶん無意識に、親に反撃することは、やってはいけないことなのだと考えていた。そういう私の意識をいいことに、そして誰も非難する人がいないのをいいことに、父親はとても気楽に、繰り返し私に暴力をふるっていたのだ。

それなら、私はもっと早い段階で反撃しているべきだったのではないか。そうすれば、もっと早い段階で、父親の暴力を止められていたことになる。中学に上がったくらいの、ある程度体力が付いてきたときに、もっと本格的に父親に反撃していれば、その後、一〇年以上にわたって殴られ続け、心身に大きなダメージを負うこともなかったのではないか。

いったい、長年に及ぶ私の我慢は、何だったのだろう。

発病してからこの点について、私は何度も何度も考えた。たった一度の反撃で、これほど簡単に暴力が止むのだったら、私の長年の我慢は、いったいなんだったのだろうか。

傷痍軍人

幼かった頃の自分自身を思い出すと、わたしはかなり繊細で気が優しいほうに属する子どもだったと思う。

私の中で強い思い出になっているのは、幼稚園か小学校に上がったくらいのころの記憶だ。私はそのころ、上野公園などの行楽地に行くことが怖かった。公園という場所が嫌いなのではなくて、そういう場所にはたいてい、先の戦争で腕や足をなくした傷痍軍人の人たちがいたからだ。彼らは、日本軍の白い装束を着て横垂れのある帽子をかぶり、道に敷かれた茣蓙の上で四つんばいになったり、松葉杖で足のない体を支えたりしていた。彼らの前には、道行く人から志を受け取るための缶がいくつも置かれていた。

小さかった私は、彼らの姿を見るたびにひどく心が痛んだ。心が痛くて痛くて、彼らの姿を平静な気持ちで見ることができなかった。私が見ているあいだに、彼らの前に置かれた缶の中に、お金を入れる人はほとんどいなかった。私は両親にも、彼らの缶のなかにお金を入れるように何度も言ったと思うが、両親も一度もお金を入れなかった。道を歩く大勢の人たちが、平気な顔で彼らの前を通り過ぎることに怒りを感じ、平静な気持ちではいられなかった。彼らの前を平気で通れるなんて、ひどい人たちだと思った。そういう人がいる場所に行くたびに、私はぽろぽろと涙をこぼし、家に帰ってから、「どうしてみんな、あの人たちを助けないの？」と言って、号泣していた記憶がある。

私が彼らを見るたびにめそめそしていたので、両親は、自分たちが彼らの前を通りかかるたびに、服の袖やバックなどで私の顔を隠すようになった。

誰もかれらの前に置かれた缶にお金を入れてあげないし、自分自身にはもちろん一円のお金もない。何もできない無力な自分がもどかしくて、歯がゆかった。

上野公園などに行ってそういう人を見るたびに、「なんでみんな、あの人たちの前を平気な顔で通り過ぎるの？」と私が泣き泣き何度も言うので、私が幼くて説明しても分からないと思っていたらしい両親は、「あの人たちには国から年金が出ている」ということを私に説明するようになった。私は年金というものがあることを理解して、ようやく彼らの姿を見ても心がかき乱されないようになった。

私の両親は、私が子どものころから決して仲がいいとはいえなかった。年が押し詰まって父親が年末年始の休みに入り、連日二人が顔をあわせるようになると、二人は決まって喧嘩になった。毎年の大晦日は、いつも両親が喧嘩していたような記憶がある。幼いころの私は、彼らが喧嘩するたびに悲しくて泣いていた。しかし、そういうふうに、小さいころにはひ弱かったり繊細だったりしても、大人になれば冷静さや判断力、知力などでカバーし、自分自身を守れるようになる。しかし幼い時分はそれも無理な話だろうと思う。

私には小さいころからずっと気の優しいところがあって、両親に対しても刃向かうのが非常に遅れたと思う。気の優しさに乗じて暴力をふるわれていたのかもしれない。そういう弱点に気づいたので、私は、強い自分というもので自分を守ることを心がけるようになった。でも、それを意識したのはずっと後のことで、発病してからのことだった。時期は遅く、手遅れだった。

第3章
最悪の状態

44歳のある日とつぜん発症。
激痛で歩けなくなり、さまざまな病院で治療しても悪化する一方。
壮絶な痛みとめまいで車椅子にも乗れず寝たきりの6年間。
万策尽きて死を待つばかりのときに出会った、薬ではない新しい治療。
病気について独学し、健康に走れるまで回復。

・・・医師が治らないという難病から治るには・・・

「治る」を諦めない！

じつは医師も知らないことがたくさんある。
「自分には治る力がある」ことを信じる。
もし薬で治らなくても、自分で知識を得て回復への道を探ることで
自分を助けることができる。

講師紹介

(株)西武百貨店商事部勤務
(社)日・タイ経済協力協会で日本の先端技術を移転する業務に携わる
難病・線維筋痛症を発症し、10年かけて完治
エントロピー学会員(同世話人)
臨床環境医学会員
日本ウェラー・ザン・ウィル学会員
NPO市民健康ラボラトリー代表

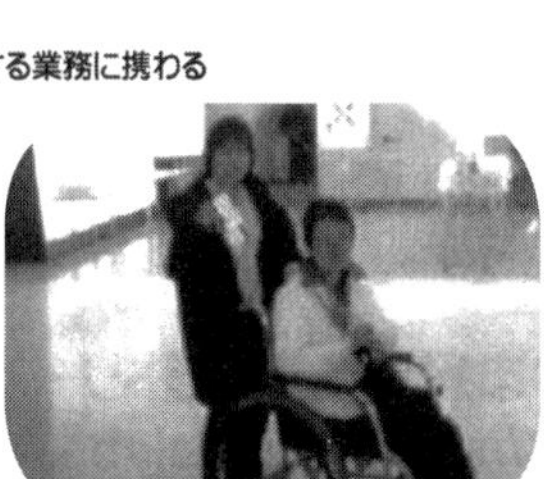

一歩も歩けなかったころ。ヘルパーさんと一緒

奇跡的に回復した後に行った、講演会のパンフレットの一部

大リーグボール養成ギブス

発症して三年までは一〇〇メートルくらいは歩けたこともあったのだが、それを過ぎると、痛みを消滅させたり、あるいは減らす努力をいくら重ねても空しいだけだということが次第にはっきりしてきた。事態は絶望的になりつつあった。

この病気を発病した人を見渡すと、いくつか特徴があるように見えた。タイプとしては繊細で神経質、気が小さく、真面目で几帳面、完璧主義的な傾向のある人が多い。発病する因子としては、先天的な要素のほかに、後天的要素として、事故などによる頚椎や脊椎の損傷、それから子ども時代の虐待などが考えられるとされる。

私は一六歳の時に体育のマット運動で首の付け根を痛め、二週間ほど学校を休んだことがある。しかしその後はほぼ完全に回復し、高校三年のときには卓球部の地方大会個人戦で優勝した。その後、二〇歳代から三〇歳代にかけてトレーニングジムに通って筋力トレーニングをし、重い荷物を背負って穂高、槍ヶ岳、北岳など日本アルプスにもずいぶん登った。筋トレを真面目にやっていた三〇代の頃には、腹筋一〇〇回、背筋と腕立て伏せ二〇回、それ以外の筋肉もマシントレーニングで鍛えていた。朝七時過ぎにジムに入ってトレーニングを一通り終え、その上エアロビクスを四〇分やってから仕事に行くということを週に一、二回やっていた。

二〇代からずっと健康には気をつけ、よく歩くとか野菜を摂るといったことは意識していたし、一時期覚えた煙草も二〇代前半で完全に止めたが、すべての努力は、発病の前には空しかったという感じがつきまとう。

私の遺伝子が、母親から来ているとしても父親から来ているとしても、どちらの系統をみても同じ病気を発症している人は一人もいない。血縁関係のある誰もが発病しておらず、私一人だけが発病しているということは、ほかの人にはなく私のみにある経験、つまり煙草を押しつけられたとか、幼い頃から二〇歳過ぎるまで続いた暴力、心理的なものを含む虐待が影響している可能性は大きいと思う。

最初は左の腰関節だけの痛みだったものが、やがて痛みは右腰関節にも広がり、背中、肩甲骨部、胸部、肋骨部、肩、首、腕、手と次第にひろがってきて、三年目も過ぎたあたりから、膝下と顔の部分を除くほとんどの箇所に痛みが発生するようになっていた。それだけ広い範囲に痛みが発生すると、どういう感じになるかというと、むかし「巨人の星」という漫画があって、主人公の星飛雄馬が「大リーグボール養成ギブス」を嵌められる場面があった。あれと同じものを、筋肉すべてに嵌められているような感じだった。あのギブスは筋肉に負荷がかかるように金属のバネでできていたが、私の場合は金属バネではなくて、一つの筋肉を使うごとに電気ショックのように鋭い痛みが走ると想像してもらえばいい。

あるいは「人魚姫」という童話のなかで、人魚姫が魔法使いに人間の足をもらったあと、一歩歩くたびに足の裏に刃物を踏むような鋭い痛みを感じたという。その刃物を踏むような痛みが、歩くときだけでなく、物を取るとき、手を上げるとき、手を後ろに回すとき、首を回すとき、身体をひねるとき、あらゆる動作につきまとう。そして、痛いのに無理をし続けたり、多少でも重い物を持ったりすると、それまではかろうじて出来ていたことができなくなる。たとえば、うっかり重いジャケットがかかったハンガーを一瞬でも持ったりすると、腰から背中にかけて激痛が走り、二、三週間は布団から起き上がれなくなる。それまでは、二〇分くらい布団に身体を起こしてコーヒーなどを飲めていたものが、ほんの三〇秒ほど起き上がっているだけで激痛に見舞われる。その状態は二週間から三週間続き、そのあいだ、身体を起こしてコーヒーを飲むという、残されたわずかな楽しみまでが取り上げられる。

自分の肉体を脱ぎ捨てて、身体を動かしても痛まない肉体と取り替えられれば、どれほど楽になるだろうと考えない日はなかった。痛みのない身体と取り替えられるなら、腕や足の二本や三本なくても構わないくらいの感じだった。痛みがない状態で外へ出掛けられるのだったら、腕や足がなくてもいいとさえ思った。義手や義足を使いこなすには厳しい訓練が必要だろうが、そういう努力なら前向きで建設的で、自分には合っていると思った。

パラリンピックで、障害者がスポーツをやっているのを見てどれほど羨ましかったことだろう。両足のない人が、足に義足を着けて外出する映像を見て、羨ましくて涙が出そうだった。痛みがないなら外出できる。いろいろなことができる。人生を楽しめる。まるで警報装置が鳴り響くように痛みが流れっぱなしの身体では、何も出来ない。

痛みは常時続き、休む暇はない。夜になっても痛みは引かないし、日中、身体を動かすことができないので眠りじたいが浅く、夜中も、灼けるような強い痛みが何度も浅い眠りを破る。そして一度目が醒めてしまうと、強い痛みのせいでなかなか眠ることができない。

しかし、眠らないと痛みや気持ちの悪さ、目まいはさらに悪化してしまう。夜中に目が覚めて、なかなか眠れないとき、眠らなければもっと悪くなるという焦りで、さらに眠れなくなる。辛く、苦しく、情けない。

そういうときに、あまりにも過酷すぎる運命に対する怒りが全身に吹き上げてきた。

この人生を受け入れる

来る日も来る日も我慢の連続だったが、我慢に我慢を重ねるそのストレスを、発散する場所もなければ機会にも恵まれなかった。ときどきは一人で海にでも行って、「畜生！自分の運命の畜生！」と叫べば、少しくらいは気持ちも晴れて、また二四時間の痛みに耐える気力、ストレスに耐える気力も沸いてくるかもしれないが、その海まで、自分ひとりでは身体を運ぶこともできなかった。海に向かって一人で泣き叫ぶ自由もなかった。私はよく、夜中に枕の中に顔を埋めながら「畜生！　畜生！」と自分の運命に向かって叫び声を上げた。涙があふれ出て止まらなかった。夜中、二階の寝室で独り「畜生！　畜生！」と叫んでいる私の声を、家族はどんな思いで聞いていたのだろうか。

このあたりで私は、自分が死ぬまで、おそらく本も読めず、テレビもまともに見られず、喫茶店でコーヒーも飲めず、人として生きる楽しみ、また、人としての人生の中身はすべて痛みに奪われ、実際には死んでいるのと同じ状態で一生を生きるのだろうと覚悟した。

私は、寝ている部屋の窓から見える楓が紅葉したり、春には萌えるような緑になったり、そこに雀が来たりすることだけで世の中が成り立っているのだと思うように、自分の意識を狭い範囲に囲い込んだ。図書館とか美術館とか映画館とか、「一生、そこに行けることはないだろう」と思うだけで涙が止まらなくなるような場所は、この世にはない。そのころ、それらのものを私はそんなふうに意識のなかから追い払った。

そうしないと、生きていけない。なぜ自分がこんな風になってしまったのかという怒りと口惜しさと無念をそのまま抱いていれば、生きていく気力を焼き尽くしてしまうからだ。

自分にできないもののことを考えていたら、実際問題として、痛みと戦いながら生きていくための気力を日々産み続けることは出来なかった。自分の人生に訪れた「絶望」としかいえない状況や、その状態に追い込まれた自分自身の「無念」を追い払い、生きていくためには、自分に出来ないことや、行けない場所のことは「この世にはない」という虚構を設定し、意識の外に追い払わなければならなかった。

ほとんどの人はこんな目に逢ったことはないから、こちらがどのような気持ちの持ち方で毎日を送っているかは、理解できない。久しぶりに会った彼、あるいは彼女が、「先週の日曜にテニスに行って」「そのあとビアホールに行ったんだよね」「畑で野菜を作って」「それを収穫したの」「こんど子どもを連れてキャンプに」「そこでバーベキューを」かれらが何気なく話すことの一つ一つが心に突き刺さってくる。そのことを、当たり前のことだが、彼らの多くは気がつかない。しかし彼らが話す、すべての話が「この世にはない」と自分の意識、世界から追い払ったものばかりなのだ。「なぜ自分が」「なぜこんな目に」「私が何をしたからといってこんな目に遭わなければならないのか」

親の暴力をずっと我慢してきたからか。

親の暴力に暴力で返さなかったのが悪かったのだろうか。

家庭内暴力をふるっても、その結果として親に非行少女・不良のレッテルを貼られて人生が狂ったとしても、こんな病気を発病するよりはずっとましだったのではないか。

何がいけなかったのか。なぜ、こんな悲惨なことになったのか。

発病したのは、母の見舞いのために、毎日病院に通っている最中だった。

暴力と抑圧で私自身の自己主張や自我を粉砕した親を許して、毎日欠かさずに見舞いに行ったのがいけなかったのか。一日の仕事を終えて、疲れとストレスがたまった身体で毎日見舞いに行ったことが間違っていたのか。その報いが、目が眩むような絶え間ない痛みと、さまざまな楽しみとの永遠の決別、楓が紅葉するとか雀が窓の外にくるとか、それだけの世界で生きていくという、この人生を受け入れるということなのか。

そういう思考に嵌まり込んだときに自分の気持ちをコントロールするのは非常に難しい。私は、自分に会いに来てくれる人たち用に、「私に話してはいけない話題のリスト」というものを作ってみた。

「旅の話、食事に行くなど、どこかに行ったという話、どこに何が出来たという話、スポーツをした話、お花見などの話、綺麗な風景の話、映画や観劇の話、新刊本の話など読書の話」。

つまり、来る人は、私とはほとんどの話が出来ないということになる。逆に、どんな話題なら、悲嘆にくれるとか情けない思いをせずに話すことができるのか。

私は仕事上の悩みなどは積極的に聞くことが出来た。私の経験はいろいろな分野に渡っていたので、どんな話でもだいたいついていけるし、仕事に関する悩みも、およそのことは理解できた。

私の人生はすでに事実上、終わっていた。だから仕事を通じて得た自分の経験、苦労して理解したことなどを、もう自分の人生に生かすことは出来なかった。私の人生がこんなふうに終わるとは思ってもいなかったので、自分の経験をどんなふうに生かすかということなど、それまでは一度も考えたこともなかった。動けない私のために、車を運転してくれたり、車椅子を押してくれたりする若い人たちに対して、私の人生は病気を発病して何も出来なくなるという「大失敗」のうちに終わってしまったので、彼らにはぜひ人生で成功して欲しいという気持ちが強かった。だから彼らと話すチャンスがあれば、そのときの目が眩むような痛みを押しても、自分の経験のなかで何かアドバイスができることはないかと一生懸命に探した。

自分では何も出来ない「哀れ」な病人であっても、私の場合、社会から得た知識、経験は豊富だった。仕事をしていたときに必要だったこともあって、政治、経済、社会、外交問題と、さまざまな分野に渡る資料を読み、調べていたので、発症したときにはかなり広い知識があった。私が情けない思いをせず話せる話としては、この手の問題があった。身の回りの話には何もついて行けなくても、政治、経済、社会などについてなら、どんな話でもだいたい答えられるし、辛い思いをしなくても話ができる。しかし、この手の話題を好む人はあまりいなかった。

病気になってから、私は必要に迫られて、一度だけこういった知識を生かしたことがあって、それは自家用車が必要という切実な理由からだった。

株の売買で買った自家用車

発症する前、私は歩くのが大好きで、車にはまるで興味がなかった。しかし、事実上、自分が歩けなくなると、我が家にはどうしても車が必要になった。だが、発病してからは、我が家は医療費などに追われて、とても車を買う余裕はなくなっていた。そこで私は株の売買で利益を出して、車を買うことを考えた。

私はかつて、タイ国への経済技術協力の仕事をかなり長くやっていた。そのときに、日本の自動車、製鉄会社、石化プラント、タイヤメーカー、産業用ロボットメーカー、銀行、新聞社、百貨店など、さまざまな産業に従事する企業に接してきた。それぞれの現場や製造ラインに足を運んで、どんな製品をどんなふうにつくっているかとか、各企業がどのくらい人材育成に手をかけているかとか、具体的な中身に接していた。だから、株式市場に上場している企業をざっと見渡してみて、どの企業が何をつくっており、彼らのやっている仕事が日本経済の中でどんな位置を占めているか、それぞれがどの産業の上流、中流、下流の、どこに位置しており、その産業には未来があるのかないのか、などについて、かなり具体的で詳しい知識があった。

その当時の私が苦痛なしに動かせたものは、全身の中で、脳と聴覚だけだった。

あとは、目もよく見えないし、身体はもちろん動かせない。パソコンの前に座るのも、いいところ一〇分が限度だった。それだけの能力で何が出来るかといっても、もちろん、ほとんどのことはできない。

しかし、株式市場の情報だったら、テレビ画面を見なくてもニュースを耳で聞いているだけで、およそのことは理解できる。新聞を全部読むことは不可能だったが、主な見出しだけを見て、重要と思うところだけをチェックして、二、三分記事を読んで、三〇分横になって休むとかしながら、記事の重要な箇所だけ拾い読みすることは出来る。

私が株を売買して車を買う資金をひねり出そうとしたのは、間違いなく株が上がるということを確信した時期があったからだった。

私は病気になったあとも、テレビ画面からニュースだけは毎日、耳で聞いていた。

小泉政権が誕生する少し前に私は発病したが、小泉政権が誕生して二年後くらいから、私はニュースを聞いたり、新聞の見出しを見ながら、株が少しずつ上がりそうな気配を感じていた。

そして、小泉政権が郵政民営化を世間に問うとして衆議院を解散したとき、もし小泉政権が選挙に勝てば、間違いなく株は上がるという確信を抱いた。しかし負ければ、まだ分からない。

株が上がるということについて、私がこれだけの強い確信を抱いたのは、それまでの二〇年間でこのときだけだった。私は、テレビで流れるニュースを耳で聞きながら、経済や政治の動き、小泉政権が目指した方向や不良債権の処理などの流れを見ていて、自分なりに分かっている知識や自分の経験から、この予感には一〇〇%間違いないという確信があった。それで私は親族から三〇〇万円を借りて、小泉政権が選挙に勝つ日に備えた。勝てば株を買う。負ければ買わない。そういう決断をして開票を待った。

小泉政権は歴史的な大勝を収めた。私は即日、三〇〇万のほとんどを使って、それ以前にマークしていた優良企業の株を買った。今はインターネットがあるので、パソコンの前に一〇分座ることができれば、三〇〇万円分の株なら簡単に売買ができる。思った通りに株は急カーブを描いて上がり続け、利益が七〇万以上出た。我が家はそれでなんとか中古の車を買うことが出来た。

しかし、株に関してはアマチュアなので、売り抜ける時期を逸して、結局二〇万ほどの赤字を出してしまったが、それにしても、このチャンスとそれを生かす決断がなければ、当時の我が家では車を持つことは不可能だった。

株の基本的な性格はギャンブルだと思う。ギャンブルである以上は絶対に上がるなどということは、ほとんどあり得ないことだ。ギャンブルにはまったく興味がない私は、病気にならなければ、絶対に株などは買わなかったと思う。

しかし、当時の私が自分の意志で自由に動かせたのは、脳と耳だけだった。株でもやらなければ、自家用車を持つことは到底不可能だった。

怒りと絶望と

車が手に入ったといっても、私の生活それ自体には何も変化はなかった。たぶん、健康な人には想像も出来ない日常だろうと思う。

相変わらず自分で自分の身体を運べず、本棚から本も取れず、ハンガーから服を下ろすこともできなかった。毎朝、仕事に出かける前の家族に、その日に必要なものをテーブルの上に出してもらわなければならない。その日に飲む薬、メモ用紙とペン、テレビやBSチューナーのリモコン。新聞も自分でめくらなくてもいいように、必要なページを表に出してもらう。自分ができないことを、家族が帰宅してから忘れないでやってもらえるように、メモ用紙に一つ一つ書いて一日を待つ。自分ではタンスの引き出しが開けられないので、翌日に着る服を家族に出してもらわなければならないし、コーヒー用のクリップの瓶も持ち上げられないので、その日使う分をテーブルの上に置いてもらわなければならない。大きなものは小分けにしてもらい、自力で手前にひきずって用を足せる状態にしておいてもらう。それ以外に引き出しを開けてあれを取り出したい、棚の上のあれが欲しいと思っても、それが現実に実現するのは、家族が帰ってくる十数時間後のことになる。

この状態が長く続くと自己評価がとてつもなく低くなってしまう。私は自分が、シンクの隅の三角コーナーに捨てられている「生ゴミ」みたいだと感じた。しかし、「生ゴミ」は喉も渇かないし、飲み物を冷蔵庫から取ってくれと要求することもないし、そういう基準で言えば、私は三角コーナーの「生ゴミ」以下なのではないだろうか。そういう思いが自分の中からぬぐえない。

発病に関してはパートナーにはなんら責任はなく、その反対に、なにも出来ない病人と一生を暮らさなければならないなんて、なんてかわいそうなのだろうと、同情する気持ちが強かった。私が発病したことでパートナーにも皺寄せが行ったし、たくさん犠牲が必要だったと思う。それを見ている私は、自分がゴミのように捨てられてもまったく仕方がないように思えた。私は毎日、非常に強い怒りを感じながら生きていて、役に立たない私がもしパートナーに棄てられても仕方がないし、棄てられている私を見て誰かが拾いに来るとすれば、発病の責任のある親が拾いに来ればいい。それでも駄目なら野たれ死ぬだけだ。そういう激しい怒りを感じながら毎日を生きていた。

当時は、生きることそれ自体が想像を絶するような苦行であって、死ぬことは怖くも何ともなかった。だから症状が悪化すればするほど、自分の運命に対する怒りはそういうふうに、何にぶつけようもなく募った。

私は子どものころに、暴力的に自我を壊され続けたことで、その後もずっと、自我や自分を外に出すことに、怯えや恐怖がつきまとっていたし、自分自身の自我を育てるのに支障を来たしたと思う。

私が発病したのは、仕事にからんで受けたストレスも関係していたと思うが、私にはずっと自分を守るためのエゴ、自尊心が不足していたという感じがあって、そのために、仕事場の人間関係などで、他人から受ける抑圧やストレスを十分に跳ね返せなかったと思う。それはやはり上の立場から有無を言わせず権力をふるい、自我を粉砕するといった親の姿勢が影響しているのではないかと思うのだが、私は組織内の対人関係で、力が弱かった。

私は長い間、自分が親にどのように育てられたかについて自覚できない部分が多く、従って、その部分の自分の弱さをも自覚できなかった。その弱さを克服するように心を育てることもできず、その結果として、さまざまなストレスから自分を守れなかったと思う。

そういったいきさつから、私はパートナーに発病の怒りをぶつけたことは一度もないし、逆に、せめて家族との会話を楽しまなければ、楽しめることはほかに何もなかったので、私は家族との会話は面白いことを言おうと、毎日なにかしら考えた。そういうようすを見て、家族は、私が自殺からかなり近いところにいるとはまったく思わなかったようだ。

本当のところは、毎日まいにち、いつ気力が尽き果てるかというところで、なんとか今は「生きる」方向にハンドルを切っているが、そのうちに気力が尽き果て、いつ「死ぬ」方向にハンドルを切ってもおかしくないところを生きていた。

当時の私は、自殺（痛みと辛さから逃れるための安楽死とも言える）はしないということが、最大で最後の目標だった。毎日まいにち痛みと、それを我慢し続けることで息切れそうで、来る日も来る日も、我慢の限界に挑戦するような思いで、「死ぬ日まで、自殺はせずに生き続ける」。自分にできるたったそれだけを達成するために必死になっていた。

死は私にとって、紛れもないゴールだった。死ぬ日まで自殺せずに生きられれば、「私はがんばった」と自己評価して死ねる。「死」ぬ日は、私の痛みはその日をもって終わり、もうがんばらなくてもいいという記念日だった。

ゴールが見えない道を、歩くたびに足の裏に鋭い刃が突き刺さってくる身体で、ずっと、ずっと歩き続けなければならないのだ。「いったい、いつまでがんばればいいのか」という声が耳にいつも聞こえた。今いるここがゴールなら、いますぐ楽になれるのに。そういう意味で、「死」は、苦しみが充満している「生」に比べて、たとえようもなく爽やかなイメージだった。全てを焼かれて残った白い骨は、まるで天国のような清らかさだった。骨だけになれば、痛む神経も筋肉も、背中も肩も首も腰もそのほかの何もかも、きれいさっぱりとなくなっているわけだ。白い骨だけになればどれほど楽になるだろう。

そのころ、自殺したり犯罪を犯す人のニュースを聞いて腹が立った。「事業に失敗して」「家族に逃げられて」犯罪を犯す。あるいは自殺する。そういうニュースを聞くたびに、私は自分の身体を突きつけて、「私を見ろ。下には下がいるのだ。絶望するな」と言いたかった。

この病気を発症し、悪化すると、生きたまま、激痛という材料でできている檻の中に閉じこめられてしまう。中から「出してくれ」と叫んでも、どんな努力しても、いつまで待っても、誰もその檻から出してくれず、中にいる限りは、死ぬときまでずっと激しい痛みとともに生き続けなければならない。

当時の私が望んでも、とても無理なこと、たとえば歩きながら顔を上に向けて、青空にたなびく雲を眺めたり、夕暮れていく空を眺めたり、街に出て通りをゆく人の風情を眺めたり、通りがけに花が咲いているのを眺めたり、そんな楽しみがまだたくさん残っているのに。それなのに、なぜ人々は、世の中に絶望したり、人を殺したりするのか。ぜいたくなものだ。そう思って口惜しかった。

私はこの病気を発症してまったく希望がなかったころ、それでも生き続けるために、さまざまな工夫が必要だった。

「一生痛みが消えない」「働けない」「行きたいところに行けない」。

私自身の経験では、辛く厳しい現実から目をそらさず、直視するためには、それを乗り越えたときに拓ける、明るい展望や希望が必要だろうと思う。展望や希望がなければ、目の前の現実を受け容れながら、それでも生きるという気力を生み続けることはできない。だから私はこの現実から逃避し、具体的にはなにも考えないということで、生きる気力をつなごうとした。それから「がんばって、今できないことをできるようになろう」とは絶対に思わないようにした。いくら努力しても、それが全く報われないことがずっと続けば、自分の心は崩壊し、荒廃していくだろうと思えた。辛い毎日に立ち向かうには、まず心が折れないようにすることが何より大事だ。

「夢を持つことが大事」「夢を実現させよう」といった言葉は、当時の私をたとえようもなく惨めにさせた。私だって夢を持っていないわけではなく、「痛みが消える」これが私の切実かつもっとも重要な夢だったが、たったこれだけのことも、どれだけの努力を払っても実現しなかった。そのうえに「人生、夢を持つことが大事」というようなことを言われれば、それがいかに自分には手の届かない贅沢か、この言葉が通用する人たちの世界から自分が閉め出されていることが具体的に分かって、ひどく惨めな気持ちになった。

「夢を実現させよう」といった言葉は私を哀しませ、精神的な支柱を折る方向に働いたから、私は家族に言って、このようなことが書かれている本や雑誌を目に入らないところに隠した。人としゃべることさえも辛くて出来ない私には、夢の抱きようがなかった。だが痛みが強いだけで脳は働いていた。寝ているときは、起きているときよりは痛みが楽になり、脳を動かす余裕ができるから、その脳で心が折れないようにさまざまなことを調整し、精神力だけで生きていかなくてはならなかった。

発症したのは恥ずかしくない

ほとんど歩けないし、治るという希望もゼロに等しく、ほとんどすべての楽しみは、もう自分の手の中に戻ってこない。痛みやストレスを解消させる方法もない。そういう状態に追い込まれたときの心の風景を、戦争もない現代日本の中で、類似のものを探して「これ」と提示するのはとても難しいことだ。結局、私の場合、そういう状況で最後の最後まで頼りになったものは、私自身だった。

どれだけひどい病気でも、よくなるという希望があるなら、そして自分が、かつていた場所に再び戻れるという見込みがあるのなら、誰でも一生懸命に、自分がもといた場所とのつながりを保とうとするだろう。しかし、そういう可能性がないことが理解でき、それが自分の運命なのだと悟った時に、「死んだ子の年を数えても仕方がない」、とうてい諦められない物ごとを諦めるときに使われるこのことわざを、ほとんどのものに当てはめざるを得ないという残酷な事態になる。

「死んだ子」の中身は、「旅行」「映画館」「働くこと」「散歩」「ショッピング」「学校」など、ありとあらゆる自分にできないことが含まれる。そうやって、もはや自分に不可能なことは「死んだ子」として扱い、意識の中から追い払っていかなければ、心が前向きに生きていくという体勢にはならない。なくなったものを嘆き、いつまでもその子の年を数えていては、「それでも生きていこう」という建設的な方向には心が切り替わらないのだ。

しかし、その行為の結果として気がつくと自分は、それまで人生を成立させていたものを、ほとんど捨ててしまわなければいけないということになっている。そうなったら、もし病気がよくなって社会復帰をしたとしても、もとの場所には、とうに自分の居場所はない。

激痛に襲われる毎日なのに、それを確実に和らげられる薬も見つからず、何を飲んでも、何をやっても痛みが減らず、逆に薬を飲めばひどい副作用が出る場合が多い。どうがんばっても自分の居場所に復帰できる目処は立たず、いくら治療に努力しても将来の希望が生まれないことに、がんばる気力が尽き果ててしまうかもしれない。生きることを諦めないという気持ちが切れてしまうかもしれない。しかし、一方で、この病気になったとき最も頼りになるし、また最後まで頼りにするべきなのは、自分自身の精神力と判断力だろうと私は思う。もしこの病気から救われるとすれば、この二つを最後まで持ち続けることが重要だと私は感じる。

凄まじい痛みによって私の人生は絶望的になったが、しかし私の人格や考え方、価値観は、健康だったときとまったく変わらずに、最後まで同じに保たれていた。その理由はいくつかあると思う。やはり一つには、それまでの自分の考え方や生き方に依るところが大きく、私は一五歳のころに、自分で親の影響から離れる決心をした。そして自らで自らを育てることにして、それからずっと自分で方針を立てて生きてきた。

たとえば私の場合は自らのコンプレックスを解消するということが、まずはテーマの一つにあった。幼い頃から抜きがたくあったスポーツコンプレックスは、高校生時代に卓球部に入り、三年時に地方大会の個人戦で優勝するという経験をして、解消した。

また私は高校時代、まるで勉強ができる状態ではなく、いわゆる志望校には入れなかったので、学歴コンプレックスのようなものがずっと自分の中にあった。私はそのコンプレックスから自由になるために、意図的にそのコンプレックスのようなものをたたき壊すことにした。

私は自分から、一流大学といわれる大学に在学していたり、そこを卒業していたりする人が集まる場所に行き、さまざまな人と知り合い、意見交換をするようにした。そこではっきりと自分が所属している学校名を言い、卑屈になったり頭を下げたりすることなく、自らの意見を言って普通の議論ができるように、自分を馴らしていった。相手が一流大学だの何々有名校だのということで、自分から卑屈になったり壁を作ることによって、本物の壁ができたり普通の付き合いが出来なくなったりする。そしてその後は、どの大学出身の人ともごく普通につきあえるようになった。

私がもっとも長く続けた仕事は、タイ国への経済技術協力をするというものだった。所属していた協会は政府補助金を受けていたが、人件費を節約する都合で、在職中、技術協力に関する実際的な仕事は私一人の肩にかかってきた。

私は工業計測や省エネルギー、製造管理技術やそれをコンピュータ制御する技術、産業安全技術などについて、タイ国内で行なうセミナーの講師を日本から派遣したり、講師の所属会社と折衝してテキストを作ってもらう仕事などをしなければならなかった。

タイからも毎年、技術研修団がやってくるので、受け入れ先を当たり、技術研修の内容も詰めなければならない。支援をお願いする相手は、大きな企業の海外事業統括部長とか製造技術部長、主査や課長といった人たちで、多くは一流企業の、いわゆる一流大学出身者が多かったが、それへのコンプレックスは、すでに自分自身のなかで叩き壊していた。交渉ごとの仕事はまず相手に意図を理解してもらい、こちら側が欲しい返事を、何としても相手側から引き出さなければならない。相手にコンプレックスなど抱いていたら、こちらが希望するような交渉など到底できない。

この病気を発病したときも、私は発症それじたいを恥ずかしいとは全く考えなかった。つまり、発症によるコンプレックスが発生する余地はなかったし、それを境に自分の人格や考え方が変わることなど、到底考えられなかった。病気の発症を境に、自分の価値観や考え方が変わるなら、死んだ方がましだった。

私は、ただでさえ何の役にも立たなかった。それなのに、努力して手に入れてきた価値観や考え方を簡単に捨てるわけにはいかなかった。重い病気にかかったからと、それが変わってしまえば、何のために生まれ、何のために生きてきたのか分からなくなってしまう。そういった強い芯のようなものが、どれほどひどい状態になっても、私の中に強固に存在した。

私がずっと、組織の中で力が弱かったことは書いたとおりだ。組織の外に出て、組織の一員としてがんばるということなら力を発揮できる。しかし、組織内の上下関係やヒエラルキーの中では、私はとても力が弱かった。立場が私より上位で、しかも有無を言わせない態度の人と対すると、私は蛇に睨まれたカエルのようになってしまう。そして、そういう弱さを、私は自分の個性であり、そこでトラブルにせず、気弱く優しく引くことが、自分に相応しいやり方なのだとずっと考えていた。そこの人間関係で揉めたりするより、自分さえ頑張ればいいならと考えて、力が強い相手の言いなりになることが多かった。

こんな病気を発病すると知る前は、私は自分を、ぜったいに壊れない頑丈な機械のように思っていた。だから、自分さえ我慢すればといった行動パターンの中で、相手に抵抗するより自分自身に負担をかけるということを繰り返しやっていた。もっと自分を大事にするべきだったと思う。本当は、限度があったはずの自分の忍耐力や頑張る精神を、限度を超えないように労《いたわ》らなければならなかったと思う。

私は上位の人間に対する弱さや優しさを、ずっと長いあいだ、自分の個性のように思ってきたが、それは個性というわけではなく、今思えば、私の自我を都合の悪いものとして粉砕してきた親が、無言のうちに私にそうしろと仕向けていた、いわば「洗脳」のようなものではなかったかと思う。

親がこちらを暴力的に抑圧していたとしても、彼らにとっては、子どもは自分たちに優しいほうがいいわけだ。だから、その方向にずっと私を仕向けてきたということだと思う。私はどこの組織にいても、ほとんど上位の人間に対して逆らうことが出来ず、そういった自分の傾向がどこから来るのかを、長いあいだ、まったく理解できていなかった。だから私は、組織内で自分の限度を超えないように自分を守ったり、相手の強制を押し返したりする方向で力を発揮したり、そういう力を、自分で自覚的に育てることができなかったと思う。

王様でもお掃除係でも

私が最後まで変わらなかったもう一つのわけは、それまでの人生のなかで、何にもっとも楽しみを見い出してきたかということによる。私にとってもっとも価値があると思えたのは、仕事よりもいわゆる芸術、つまり、さまざまな形を取って現れた人びとの表現に接しているときだった。

発病するまでの私は、膨大といえる量の、芸術といわれるものを見たり読んだりしてきた。だから人や仕事とのつながりは切れたとしても、少しでもよくなっているときは、私はそれらとのつながりを、またいつか復活できる可能性を感じることができた。長い闘病の中で、わずかでも体力が上向きになっているときに、ほかの人の力を借りて車椅子で美術館に出かけたり、見たい画集を買ってきてもらって見せてもらったりした。

発病前にはたくさんの本を読んだが、小学生時代に、延べで一八〇〇冊の本を読んだことは前に書いた。少年少女世界文学全集が家の棚に数十冊あり、それを何度も繰り返し読んだ。学校の図書館や友達からも本を借りて読んだ。

大人になってからは推理小説だけでも五〇〇冊以上、その他にも太宰治、三島由紀夫、高橋たか子、ドストエフスキー、サルトル、シェイクスピア、バルザック、トルストイ、サガン、司馬遼太郎、埴谷雄高、大江健三郎、村上春樹、フィリピンの思想家レナト・コンスタンティーノ、ハードボイルド小説のレイモンド・チャンドラー、ダジール・ハメットなど、総数では七〇〇冊か八〇〇冊か、もしかすると一〇〇〇冊近くなるかもしれない。

さらに私がもっともたくさん見たのは絵画や彫刻などのジャンルで、自分の目で実際に作品群を見た作家数は、おそらく数百人になる。一八歳の時にゴッホの「ひまわり」を見て、絵画という表現が伝えられるものの大きさを知ってからは、あらゆる企画展を積極的に見に行くようになった。海外から来る有名画家の企画展のみならず、広告や雑誌やテレビの日曜美術館などでアンテナを張って、チェックした画家の個展にはかならず足を運んだ。絵画について、私はまったく好き嫌いはなく、中世日本画の伊藤若冲、俵屋宗達、浮世絵の北斎、写楽、現代画の梅原龍三郎、安井曾太郎、佐伯祐三、現代日本画家の田中一村、ポップアートの日比野克彦、奈良美智、印象派のゴッホ、ゴーギャン、あるいはピカソ、ルノアール、ロートレック、ルソー、ミロ、モジリアーニ、シャガールといった有名な画家から、カンディンスキー、ポップアートのウォーホル、リキテンスタイン、ミシェル・バスキア、ブラックのような抽象画家も、ポロック、ベーコンも好き、版画家の池田満寿夫、元永定正、棟方志功なども好き、演劇や映画へも相当の回数、足を運んだ。

私は芸術といわれるものほど民主的なものはないと思う。たとえ首相や王様であろうと、その部屋のお掃除係であろうと、芸術や表現との距離に、差はまったくない。金持ちも失業者も関係ない。王様、乞食、犯罪者だろうと病人だろうと、すべての人に平等に、芸術に接するチャンスはある。全ての人に、芸術を味わうチャンスがある。仕事をなくし、身体の自由を失っても、私には芸術という、あまねく人に平等なものに触れるチャンスがまだあり、その意味ではほかの人と対等だった。そういう意識がずっとあったことが、社会のどこにも居場所がなくなり、自分がかつていた場所や、そこでの人とのつながりが切れてしまっても、私は自分を見失うことなく私自身でいられたのかもしれない。

身体障害者になる

それにしても気がつけば、私も紛れない、文字通りの身体障害者になっていた。私自身は、身体障害者としての自分を受け入れるのに、それほど大きな葛藤はなく、人に頼んだりすがったりしなければ、自分では何一つできないことについても、「それはそれでいいではないか」と思っていた。

ほかの人に、私を哀れむ気持ちをもってもらい、その人に自分ではできないことをやってもらうほうが、ずっと人生の可能性が拓けると私は思った。自分が身体障害者で自分では何もできないとすれば、それをいち早く受け入れ、消化した上で、「その自分が何かをしたい場合にはどうしたらいいか」と、頭を切り替えた方がいいと私は思った。

具体的には、一人ではマクドナルドに行ってコーヒーも飲めないのだから、ストレスのたまる毎日から少しでも気分を変えるために、たまにはそういったところで、外を通る人の風景を眺めながらコーヒーが飲みたいとする。そうなると、誰かに車なり車椅子で、そこまで連れて行ってもらわなければならない。そういったすべてを金銭でまかなわなければならないとすれば、相当の経費がかかる。患者は医療費だけで相当の負担を強いられていて、ほとんど経済的な余裕はない。誰かが自分の境遇に同情してくれて、「マクドナルドなら私が・僕が連れて行ってあげますよ」と、車に車椅子を積んで連れて行ってくれたら、これほどありがたく嬉しいことはない。そういった、自分の哀れを強調して何かを恵んでもらうようなことはプライドが許さないという一線を譲れなかったら、一生、マクドナルドでコーヒーも飲めないかもしれない。

逆に私は、自分がそういった「哀れ」な状態になったときに、それまでの人生のなかで、もっとも美しい人の心を見たと思う。私はそれ以前の人生で、何もできない状態になったときほど、他の人に親切にしてもらったことはない。それは、かれらが親切という手段で自己表現をしたいのでも、私が哀れだからといって自分が優越感に浸るためでもない。そんなことを言ったら失礼な、何も自分ひとりでできない私に、本当に親切にしたいから、親切にしてもらった。そういう、純粋な親切が身に染みる経験だった。

誰でもとくに打算もなく、見返りを期待することもなく、本当に何気なく障害者に親切にしてあげることがあると私は思う。親切にして、相手から何かを得ようということではない。困っている人がいたら、自分で何とかできることがあれば、してあげたい。そういう純粋な気持ちであり、打算もなく見返りも期待しない、そういう親切が、私にとってどれだけありがたいか、言葉にし尽くせないものがあった。

健康人としてのプライドをいつまでも持っていても、何もならないし、そんなプライドの目盛りはいち早く、もっとも下まで下げる必要があると私は感じた。時間外にボランティアで家まで家事をしに来てくれた人、一歩も歩けない私を美術館に連れて行ってくれた若い人たち、独りきりで闘病している私を心配して、毎週ようすを見に来てくれた「福岡助け合いの会」の人たち、夜中に具合が悪くなったらいつでも電話してと言ってくれた「助け合いの会」の会長、重い灯油を買いに行けない私のために、買い物車にポリタンクを積んで灯油を買ってきてくれたマンションの管理人さん。その一人ひとりの顔を思い出すだけで、そのときのありがたさを思い出して涙が出てくる。彼らは誰一人として見返りなど期待せず、ただ、私が困っていたから助けてくれた。

今でも親切にしてくれた人たちへの感謝の気持ちが、私の中にはものすごくあって、私がついに「自殺つまり安楽死」という、痛みと縁を切るための最終的な手段をとらなかったことも、そうやって親切にしてくれた人の力が大きいと思う。

私が彼らにどれだけ感謝しているか。

もし私が自殺をしたら、家族を含めて親切にしてくれた人が、もしかしたら自分に問題があったのではないかと考える可能性があると私は思った。もし私が自殺したら、彼らは次のように考えるかもしれない。「それほど大変だったのなら、もう少し何か、自分にもできることがあったのではないか。何かしら足りないことがあったのではないか」。

そんなことはまったくなくて、私は本当に彼らに感謝していた。それなのに親切にしてくれた人が、もし私が死んだことで、自分を責める結果になってしまうとしたら、それは正しくないことだろう?

「もし私が自殺していたら、ショックでした?」と、本当に世話になったある人に、後日、聞いてみたことがある。その人には介護や家事でほんとうにお世話になった。そう聞いたら、その人は息を飲むような表情で小さく「それはもの凄くショックですよ」とつぶやいた。

やはり、もし私が死んでいたとしたら、本当に感謝していた人の気持ちを傷つける結果になってしまっていただろう。自殺したら、もう二度と元には戻らない。私のこの絶望的な人生で、果たして生きている意味があるのか、それは本当に大きな疑問だったが、しかし、最後に残ったカードを開けてみたら、それは、「自殺は正しくない」だった。私が感謝している人が、のちに私のことを思い出すたびに、彼らがしてくれた親切を、マイナスの気持ちで思い出すのだとすれば、それは正しくない。自殺は、正しくない。生きる楽しみをほぼすべて奪われ、毎日激痛に苦しんでいる私の手の中に、最後に残ったカードに書かれていた言葉。

私に、もし人とのつながりが何もなければ、自殺＝安楽死をもっと積極的に、前向きに考えられただろうと思う。何しろ、痛みでもうろうとしている毎日の中で、「死」は少しも怖いものではなかったのだから。でも、結局私は自殺しなかった。つまり親切にしてくれた彼らは、その親切によって、私の人生を救ってくれたのかもしれない。

新しい「アイデンティティ」

私は子どものころの体験から、どんな運命でも、その中で自分なりに生きるしか仕方がないという諦めというか考え方が形成されていたのだろうと思う。だから身体障害者である自分を受け入れるのに、それほど大きな葛藤はなかった。それよりも私にとっては、さまざまな人生の可能性や楽しみを奪われたことの方が、数十倍も、数百倍も辛かった。もし自分の人生にいろいろな可能性や楽しみが残されていれば、私にとっては身体障害者になることはそれほど辛いことではなかった。

それにしても、何不自由のない身体の持ち主だった私が、車椅子を押してもらって町中を歩いたり、電車に乗ってそれなりに人目に立つ経験をしなければならなかった。車椅子を押されながら町を歩くと、「かわいそう」「気の毒だなあ」といった人の視線が気になるが、そのうちに、そういう視線を浴びるのは当然で、そういうものなのだろうと思うようになった。ほんのちょっとの間でも外の空気を浴びたいとか、家の外でコーヒーを飲みたいと願えば、そういった視線や想いにいちいちたじろいでいたら、自分の切実な願いのたった一つも実現することはできない。

また、こちらの状態を見てほかの人が寄せてくれる好意や、同情の気持ちにも慣れて、それを素直に受け取るべきだろうとも思った。自分を卑下する必要はなく、自分の知識や経験を過小評価する必要もなく、同情を感じてそれを卑屈に感じる必要もない。しかし同時に、自分は健康な人に比べて、いわば「哀れ」な病人であって、可哀想がられたり同情されたりするのに「相応しい」立場にある。そういう自己認識、いわば「アイデンティティ」を持つことで、生きる術を獲得したり、いろいろな人とのコミュニケーションもやりやすくなったと私の経験からは思う。

発病してから三年ほど経って、ものすごく悪化した時期に、私はタクシーで病院に行き、止まった車から降りたら、そこから一歩も歩けなかった時期があった。その時期は、一〇分と車椅子にも乗れなかった。車椅子に乗ったときの振動が、即座に猛烈な痛みと目まいになって返ってくる。車椅子の振動すら我慢できないのだから、本来ならタクシーで移動するのも無理な状態だった。だから車が病院に着いてドアが開いたら、私は転がり落ちるようにして地面にしゃがみ込むと、身動きどころか猛烈な目まいで目すらよく見えなくなっている。全身の痛みと目まいと、宇宙から帰ったばかりの宇宙飛行士さながら、身体の上に重い石が乗っているような重量感。目は開いていてもなにも物体をとらえることができず、立ち上がるどころか顔を上げることすらできない。タクシーが去って行ったあと、私は地面に突っ伏すようにしゃがみ込み、誰かが声をかけてくれるのをただひたすらじっと待っていた。誰かが心配して声をかけてくれたらようやく事情を説明し、看護師さんに車椅子を運んできてもらい、車椅子を押してもらって病院に入るということを毎回やっていた。幸いにもそういうことはなかったが、もし誰も私に話しかけてくれなかったら、私はいったいどうするつもりだったのだろう。そう考えると通院じたいが、イチかバチかの賭けのようなものだった。

当時はたぶん、自分が身体障害者であるという認識を持たなかった最後の時期で、だからそのくらい悪くなっても、自分はまだ健常者という意識が残っていて、介護サービスや通院の付き添いを頼むということも考えなかった。私の場合は、べつにプライドの問題ではなく、それまでの自分があまりに健康体だったため、その自分が介護や付き添いを頼まなければならない状態に追い込まれていることを、客観的にまったく把握できていなかった。

だから、そういうサービスをやっている団体について調べたり、役所から資料をもらったりすることもしなかった。もっと早くに「自分は身体障害者だ」という認識が芽生えていれば、通院の付き添いサービスをやっている団体や機関の資料を集めたり、そういうところに付き添いを頼むという選択肢もあった。

その後、自分は紛れもなく、立派な身体障害者であるという認識を持った。それから家事サービスや通院の付き添いサービスを頼んだり、人の好意に甘えるということをするようになった。そうしたら、あれほど辛い経験をすることは以前よりは少なくなった。

またこの病気で重症になってしまうとコミュニケーション能力が著しく落ちてしまう。知人とのたった一〇秒の会話さえ、その間に襲われる痛みに恐怖を感じ、挨拶をためらってしまうほどなので、患者はだんだんと人との付き合いを避けるようになる。たぶん、健康な人が患者と話すと、健康な人は相手が不機嫌なのではないかと思ったり、「自分とは喋りたくないのか」、あるいは「早く帰って欲しいと思っているのではないか」という感じを受けるのではないかと思う。しかし、それは必ずしも、その人と話をしたくないとは限らない。

猛烈な痛みで身体が動かせず、顔の表情すら、よく動かすことができない。そのため患者は、ややもすると能面のような印象になる。相づちを打ったり同意の身振りができないだけでなく、話を聞きながら急に首を回したり肩を押さえたり、とつぜん横になったりと、普通なら「話を聞いていないのではないか」と誤解されるような動作を取らざるを得ない。このように、要らぬ誤解を招くことが分かっていて、しかも意思表現がうまくできないので、患者の多くは病気のことを分からない相手としゃべることを億劫がるようになってしまう。

しかしそれでは、患者は「痛みで囲われた檻」の外から、善意で扉を叩いてくれた人と、何らかの形でつながったり、困っている何かの頼みごとをするチャンスも逃がしてしまう。私はこの檻の扉を叩き、「なにか私に出来ることはありませんか」と言ってくれた人とのつながりを、極力保とうとした。私の状態をよく分かった上で、「自分にできることがあれば、やってあげますよ」と言ってくれる人がいたら、私はできるだけ相手の電話番号を聞いたり、メールアドレスを聞いたり住所を聞いたりした。そしてその後、自分の体調の許すときに、二、三行のメールを送ったり、電話なら寝たままでもかけられるので電話をしたり、文字を書けるくらいの体調なら、葉書に簡単な文章を書いて家族にポストに投函してもらったりした。「そう言ってもらえて嬉しいです。本当にやってもらえますか。迷惑ではないですか」と短い文章にして彼らに送った。

私の状態を見た上でそういう言葉をかけてくれる人は、単なるリップサービスではなかった。みな本気だったので、私は彼らに車を出してもらって美術館に行ったり、家事サービスの人が来られない時間帯でのお願いごとを聞いてもらったりした。彼らがしてくれた親切が、私にとってはどれほど有り難かったか分からない。

第4章

回復し始める
……回復していった経過

病気のメカニズム

それでは私がなぜ回復することができたのか、受けた治療はどのようなものだったのか、そして、なぜそれが効果があったのか、少し書いてみたい。

この病気じたいは慢性疼痛症候群ともいわれ、症状じたいは古くからあって、このような患者が存在することは医療現場では昔から知られていたようだ。しかし、どんな治療をしても収まらない痛み（だから慢性疼痛という名がついていたわけだが）は現代医療ではお手上げであり、このような痛みがどんなメカニズムで起きているのかは、これまであまり興味を持たれた形跡もない。それが今世紀になって、慢性疼痛の一部が、「中枢感作」といわれる脳の変化によって起こるということが海外の研究者のあいだで定説になってきた。そして、国内にもこの説に基づいた治療を行なう医療関係者が少しずつ現れるようになった。私がなぜ劇的に回復したのかについては、この「中枢感作」という概念を用いないと説明不可能なので、少しその説明をしたい。

慢性疼痛症候群（線維筋痛症）の患者の身体には、耐えられないような痛みが起こっているのは確かなのだが、患者の血液や尿などを検査しても数値的な異常は表れない。猛烈に痛む箇所をレントゲンで撮っても、骨折などの異常が存在することもない。痛みは、脳の痛みを感じる感受性に変化が起こることで発生している。それを説明するのが「中枢感作」という現象である。「中枢感作」は医学用語だが、「感作」という言葉が一般的ではなく、普通の人には分かりにくい言葉になってしまっている。分かりやすく言葉を変えると、脳と脊髄、いわゆる中枢がさまざまな刺激に過敏になるということになる。つまり、ささいな刺激を脳が巨大に拡大してしまって、猛烈な痛みとなって現れる病気といえる（より病気の内容に沿っているので「中枢性過敏症候群」と言われることもある）。

痛みは全身に現れるが、猛烈に痛む背中や肩、腕、腰などをいくら調べても、特段異常は見つからない。痛みの原因は「脳が過敏になっている」からなのだ。ここが、従来の「痛む原因は痛む箇所に存在する」という、普通の痛み治療に慣れた医療関係者には非常に理解されにくいところで、検査でわかる異常が何もないので、患者は医療関係者に「気にしすぎ、神経質、嘘つき、詐病《さびょう》」などと言われてしまう。しかし脳の過敏化によって、さまざまな症状が現実に起こっているのであり、それらは決して患者の錯覚から発生しているのではない。

だとすれば、非常に過敏になっている脳の過敏度を下げていけば、些細な刺激を脳が拡大する現象も徐々に収まっていくことになる。噛み合わせの狂いから来る刺激は、過敏になっている脳に対して、大きな負担になっている可能性がある。そのために、狂った噛みあわせを徐々に治していくという治療形態で、私が劇的な回復を遂げたと考えられるのだ。詳しい医学的な説明は、非常に煩雑になってしまう。自分自身の回復がほんとうに不思議でならなかった私は、普通の人間としての活動ができるようになってから、国内ではいまだ販売されていない（そのため国内の医師が読んでいない）「中枢感作」についての基礎医学書を、アメリカから取り寄せて読んだ。幸いなことに、かつては技術協力の仕事をしていたため、専門用語だらけの難解な医学書を、だいたいの概略をつかみながら読む力が私にはまだ残っていた。本の内容は非常に納得できるものだった。ほかにも慢性痛を説明するいろいろな医学書を読み、国内外の研究を見渡して自分が回復した事実を裏付ける研究を探し、「なぜ自分が回復できたか」を医学的に説明した論文を書いた。巻末に参考文献とともに付記するので、興味のある方は読んでほしい。

どちらにしろ、痛みは人間の身体にとっては警報と同じ役割を担っている。強い痛みが出るのは「異常なことが起きている」という警報が鳴っているのと同じなのだ。この警報装置は生命の維持には不可欠なもので、身体のどこかが致命的に痛んでいたり傷を受けているときに、脳がそれに気づかないでいては生命が危機に瀕する。だから何かしら異常を感知したとき、脳はすべての活動をストップさせ、痛み（警報）に全神経を集中させようとする。この病気は脳の痛み感受性が変化してしまったために、警報が鳴りっぱなしになり、痛みが四六時中続くという病なのだ。「激痛」スイッチが入り、「すべての知的、生産的活動を止めなさい」という警報が流れ、いつまで経ってもそれが止まらない状態。経験者として感じるのは、人はこのような、「激痛」という警報装置が鳴りっぱなしの状態に耐えられるようにはできていないということだ。それは人体にとっては不自然かつ耐え難いことで、その耐え難さから逃れるための道筋も、自然の一部である人体には備わっているはずで、自分が回復した方法も、そのような道の一つという気がする。

駄目でもともと

最初にこの治療を見つけてきたのは、意外にも私の母だった。発病したころ、「原因の一つは、幼いころの両親の暴力や虐待にあると思う」という私の言葉に母は怒り、その後何年かは連絡がなくなっていた。

（最後の章である「二〇年後」にも書いているが、この病気に罹患する人は、私を含め、子どものころに虐待を体験した人が多い。回復してからさまざまな患者の相談を受けるようになった私の、これはほとんど確信に近い。具体的な研究は今後の課題ということになるのだろうが、患者に被虐待者が多いのは、子どものころの経験が、この患者特有の「脳の過敏化」という現象に何らかの影響をもたらす可能性を、強く示唆していると思う）。

その後、弟の結婚という事態がもち上がり、母の中に気持ちの優しい私に頼る気持ちが芽生えたのか、母は少しずつ私に連絡してくるようになった。そして、私の病状が深刻であることも、徐々に理解するようになった。彼女としては、今後何かと頼りにできそうな私がこのような状態では困ると思ったのか、自分にできそうなことを、いろいろするようになった。二〇〇四年に横浜で開かれたシンポジウムでこの治療法を見つけてきたのも母親だった。母はそのときシンポジウムで受付の手伝いをしており、そこで行われた医師によるデモンストレーションを見ていたのだった。

そして、二〇〇六年に私がいよいよ悪くなったときに、母と父は、この治療が私の病気に相当の効果を上げていることを医師のＨＰを通じて知り、「ダメもとでいいから」この治療を試してみようと言い出した。

しかし私はどっちみち、何をやっても駄目だろうという気持ちが強かった。自分の身体に全く未練はなかった。このどうしようもない身体を他人がどうにかしたいのなら自由にしてくれという感じで、それで死ぬならそれでもよし、やってみようというなら試してみるかという感じだった。どのみち私の人生は終了していた。あとはいつ死ぬかだけで、ただひたすら死ぬ日を待っている日々だった。しかし治療のための費用については、それまでに私の貯えはほぼ全て使い果たし、私自身は出すことができない。母親は、私がもし良くなれば、自らの老後が明るくなると考えたのか、福岡の滞在費や治療費については自分の貯えの中から出すと言いだした。

しかも、日々誰かの介護が必要な私を、母も一年間は福岡に滞在して面倒を見るという。そんなことが本当にできるのかという私と家族の疑問に対して、母が必ず一年は面倒を見るからと何度も請け合った。そういうことで、発症してから五年五ヶ月後、私は最後の手段として住まいを福岡に移し、治療を受けることになった。しかし実際に福岡に移動できたのは二〇〇六年の九月で、母親が福岡で治療をしようと言い出してから、半年以上が経過していた。二〇〇六年前半の私は、振動や重力の変化に相変わらずものすごく弱く、とうてい新幹線どころではなく、飛行機での移動など、考えることすらできない。
福岡へ移動するために、私は毎日、長時間の日光浴を繰り返し、どうにもならなくなっていた自律神経を少しでも回復させ、なんとか乗り物に乗れるだけの体調にして、移動した。しかし、移動したあとはやはり発熱に苦しんだ。

福岡到着後、ようやく治療ができるようになって、初めてクリニックを訪れた日のことはよく覚えている。治療はまず、歯科で使うマウスピースに似た装置を作ることから始める。患者の歯型に合わせて作った装置を、患者は一日三回、上の歯に装着する。しかしこれを初めて見せられたとき、私はキツネにつままれたような気持ちになった、ほかの歯科医院でも見る「マウス」といわれるものと、一見なにも変わらない。そんなもので、どうしてこの猛烈な痛みが楽になるのだろうか？　それは私の目には、どう見てもインチキ装置にしか見えず、何かの効果をもたらすとは考えられなかった。それまで、どんな努力を重ねても、どれだけの回数病院に通っても駄目だったのだ。絶望は、私の心に深く刻まれていた。

独りぼっちになる

「肩すぼめ前足舐める老いた犬　路傍の君に明日（あした）はありや」

これは福岡に来たころの私自身だ。福岡に来たころは、布団に横たわり、指を折りながら三一文字の短歌を作るのが精一杯で、とても長い文章を書ける状態ではなかった。

「老いて病み、痩せさらばえた野良犬が、毛が抜け落ちた前足を大事そうに舐めている。おまえは明日生きていられるかも分からないのに、そんなに大事そうに前足を舐めても、それが何の足しになるかも分からないのに」

福岡に来た当時、完全な絶望の中にいて、先のことも分からず、とにかく言われるままに治療を始めたときの自分そのものだ。今読んでも、改めて涙が出てくる歌である。絶望と、孤独の中での治療開始だった。治療の結果、どう転ぶかは私自身、まったく見当がつかなかった。治療をすることで、もっと悪化するかもしれない。そういう可能性も十分ある。なぜなら、それまでもよくなると期待して飲んだ薬で、痛みにプラスして地獄のように耐えがたい苦しみが襲ってくるのはよくあることだったからだ。自分の人生にも自分の身体にも未練はなく、いつ死んでもいい。何の掛け値なくそう思っていたから、新しい治療に取りかかれたとも言える。最悪の場合でも、ただ死ぬだけだ。とっくの昔にそういう覚悟はできていた。死ぬことそのものは、まったく怖くはなかった。

治療にあたってくれるのは個人のクリニックで、入院施設はなかった。そのため、福岡で治療をするためにはどこかに住まいを借りて、自活する必要があった。私はとうてい一人では生活ができず、誰か、家事や介護をしてくれる人が必要だった。

福岡に来た当初は、母が最後まで私の面倒を見るつもりで一緒に来たと私は思っていた。しかし私は母といると、自分がこんな状態になってしまったことについて、最大の責任があると感じる母親を、糾弾せずにはいられなかった。母は私の糾弾に耐えることができず、ひとりでは到底生活ができない私を置いて、一人で実家に帰ってしまった。

当時の私の最大の苦しみ、そして哀しみは、なぜ、虐待した側ではなく虐待された側がこの残酷な病気を発症しなければならないのか、なぜ虐待された側が築き上げたものをすべて失い、空の色すら判断できないような激痛に生涯苦しまなければならないのかという、長いあいだ続けてきた自問自答だった。私はこの苦しみを、毎日母にぶつけた。

母は、私の話を否定することも怒ることもとくになく、私に謝ったり、ときには話を逸らしたり、ごまかしたりしながら私の話を受け流していた。そして車椅子を押して公園に行ったり、買い物したり食事を作ったりと、ふつうの生活を続けていたが、その裏で、早々に一人では生活できない私を放り出して自分だけ帰ることを決めていたらしかった。後で知ったのは、母が私に隠れて、実家近くにいた私の弟に毎日電話をし、「博子に虐待の反省文を毎晩書かされている」「もうもたない」と言っていたことだった。

「虐待の反省文を毎日書かせる」と言っても、寝たきりで、朝から晩まで激しい痛みに追いまくられている私に、そんな無理を強いる体力がある筈もないのだが、母はついに、このありもしない作りごとを弟に信じ込ませ、福岡に着いて二ヶ月も経たずに、私を置き去りにして自分だけ帰ることを実行に移した。

十月中旬になって、母は突然、「家に冬物を取りに行かなければならない」と言い出し、「必ず二週間で帰って来るから」と何度も約束をして実家に帰った。そして二度と福岡には帰って来なかった。

二週間、辛抱して待ち、私は電話をかけ「いつ帰るのか」と聞いたが、母はそのときようやく、「私は福岡には帰らない」と言った。「具合が悪いから戻れない」とも言った。その真偽はともかくとして、私はその時初めて、自分が母に、誰一人知り合いのいない福岡に一人置き去りにされたことを知った。それは、自分が危険な空間に独り取り残されるということを意味していた。誰にも邪魔されずに自分が帰ることだけに専念していた母は、当然、後任のヘルパーの手配も、食事や日常品の手配も何もしていなかった。

私はその電話を聞いて、母は心の弱い人で、だから家に帰って里心がついて、楽な方に心変わりしたのだと思った。一五年も経ってから、母がそれよりもずっと早く、福岡で私といたときすでに、家族から遠く離れた場所に一人置き去りにすると決めていたのだと知った。

その後、福岡で、私は文字どおりの独りぼっちになり、痛みと孤独と、生きた心地もしないような心細さに耐えなければならなくなった。

当時は、玄関を出て一〇歩ほど歩くだけで、意識が遠ざかるような痛みが襲ってきた。家の中にいても、立ち上ったり、何かの身動きをするたびに、もとからあった痛みは耐え難いくらいまで燃え上がる。それだけの痛みがあると脳は自分のやっていることを記憶することができなくなり、私は置き去りにされたこの時期、自分がどのように日常生活を送っていたのか、こまごまとした記憶がない。両腕はわずかな重さにも弱く、うっかり瀬戸物の皿を持ち上げたくらいでも、一気に悪化する危険があった。そうなると、立ち上がれなくなるだけでなく、家の床をいざって歩くこともできなくなる。一人しかいない家の中では絶対絶命のピンチに陥ってしまう。この病気ならではの特性が分かっていたので、私はどんなに強い痛みがあるときでも、残っている能力でうっかり自分を底なし沼に落ちるように悪化させないように、必死で自分の行動を管理した。

独りで何ができるわけでもないのに、二四時間独りぼっちというのは想像を絶する心細さだったが、たとえ命が危険に晒されていると思っても、それでも私は母に戻って来て欲しいとは思わなかった。電話口で母が「戻らない」と言ったとき、私は確かに衝撃を受けていた。しかしそのとき、母がこのくらいのことをしてもおかしくない人間だということを私は分かっていたと思う。そもそも私はこの病気から生きて脱出できる希望をもっていなかった。死はいつも遠くないところにあり、遅かれ早かれ自分はそのゴールに到達することになるのだという予感のもとに、一日一日を生きていた。

第二章で書いたように、私は一五歳の時に心の中で両親を捨てた。孤独でも痛みで身動きがとれなくても、自分では皿一枚洗えなかったとしても、一人で生きていかなくてはならないし、そういう人生を生きるとその時、自分で決めたのだった。

当時の私の痛みは、第一章で書いたペインビジョンという痛みを計る機械で三〇〇〇近くあったと推定でき、専門家によると普通の人なら一〇〇〇で失神してもおかしくない痛みということで、当時私は、その三倍近くの痛みに毎日耐えて生きていた。そういう状態だと、知らない人と話すことすら本当に三分くらいが限度だったが、それでも私は、その範囲内で、できることに取りかかった。まず生活共同組合に電話をして、身の回りの品物を住まいまで宅配してもらうことにした。三分電話しては、しばらく横になって休み、電話している間に燃え上がった猛烈な痛みが下火になってから、また次の電話に取りかかる。家事は週に二回、やはり生活共同組合に家事サービスを頼んだ。そして食事は一日二回、弁当屋さんの出前を頼んだ。入浴とトイレは痛みを我慢し、時間をかければ一人でできたので、それで生活はなんとか回った。

それにしても朝から晩まで、尋ねてくる人もいないなか、絶え間ない痛みに耐えながら、独りきりで部屋に横たわっているのは辛かった。頼りになるものは自分の精神力のみだった。

私は朝から晩まで一人で横たわりながら、いつも窓から空を眺めていた。借りた部屋は七階にあり、空がよく見えた。空にはいつも大きな雲が浮かんでいて、雲の縁をかすめて、よくカモメが飛んでいった。隣の敷地を工事中の首の長いクレーンが、窓の中を行ったり来たり、深ぶかとお辞儀をしたりするのが見えた。私の部屋を訪ねてくれるのは、その首の長いクレーンだけだった。目はまだよく見えず、テレビを楽しむのは無理だった。本も読めない。ハードカバーの本は持ち上げることすらできない。

どうしても心が塞ぐと、一人で行動するのは危ないのを承知のうえで、何とか部屋を出て、タクシーをつかまえて大濠公園まで行った。それで、公園のベンチで三〇分か一時間くらい横になって、池の水表を眺め、池のほとりに群がっている鳩を眺め、カモメの群れが水の上を舞ったりするのを眺めたりした。

もし私が外で具合が悪くなり、救急車を呼んだとしても、搬入先で痛みを楽にする方法はないし、逆にこの病気をよく知らない医師が、薬を処方したり点滴で薬を入れたりした場合、どんなことが起こるか見当がつかなかった。私は発病してから、薬に非常に過敏になってしまった。以前はそんなことはなかった。発病して四年くらいして、私は白内障と緑内障になった（回復してから調べたら、当時処方されていた薬の添付文書に、副作用の一つとして緑内障が挙げてあった）。治療のために眼科で視野を広げる薬を点眼するだけで、身体からエネルギーを抜いたような脱力症状に襲われ、具合が悪くなってしまう。また緑内障の薬を点眼すると発熱するようなことが続いた。クリニックで聞くと、他の患者にはそんなことは起こらないという。点眼薬はなるべく点眼の時間を空けるようにして身体を慣らしていったのだが、点眼薬だけでそれほどの影響が出るので、他の薬は怖くて飲めなかった。従って、私がどんなに具合が悪くても、たとえ気が遠くなるような痛みが襲ってきたとしても、運ばれた先の病院で、自分の病気と、どんな薬でどんな反応が起こるか見当がつかないことを、自分自身の口で説明しなければならなかった。私の周囲に、この病気について詳しく説明できる人は誰もいない。その上、もし救急病院に担ぎ込まれたとしても、特別な治療法はなにもない。おまけに自分はたった一〇歩も歩けないのに、救急病院からの帰り道は誰の助けも借りずに独力で帰ってこなければならない。しかしそういう危険を冒しても、私は気力をつなぐために、ときどきは一人で外に出かけた。

死ぬときは死ぬ

埼玉にいる私の家族は、まったく心配していなかった。のちに分かったのは、母は私の夫にも手を廻し、私の了解もなしで母だけが帰ることについて、まるで私の了解があると思わせるような虚偽すれすれの話を夫に伝えていたことだった。私は、まさか母が夫にまで手を廻しているとは思わなかったが、彼に心配する気配がないのは生来の呑気さのせいだと思い、かえって好都合だと思った。

発症してから長い間、彼に対して自分が何の貢献もできないことが、私の中に大きな負債として残っていた。私は生きていても何もならない、彼に負担を強いるだけだ、そういう思いが、孤立無援の状態になっても彼に対して極力迷惑をかけないようにしようと思う強い動機になった。

だいたい、事ここに至っては、すでに心配してもどうにもならない。死ぬときは死ぬのだ。置き去りにされる前から「死」は私のとなりにいて、母が帰ってからは、「死」の気配はより濃くなった。「死」は独りぼっちの私の周りを取り囲むように群がっていて、いつ襲いかかるかと私を狙っているような気がした。死ぬことは恐くなかった。しかし「死」に隙を見せたために、死ななくてもいいことで、むざむざ死ぬのは嫌だった。死ぬまではともかくも生きるために闘うのだ。それが私が決めた方針だった。

それに、その状態で私がもし家族に心配させたとして、仕事を抱え、遠く離れた場所にいる夫は、すぐには何もできない。急に具合が悪くなるのはたいてい夜中だったから、その時間に相談しても、飛行機も新幹線も動いていないのだし、家族はそれを聞いても手の打ちようはない。だから、家族を心配させることにはまったく意味はなかった。死ぬときは死ぬ。とっくにそういう覚悟はできていた。私は母が帰ったあと、たとえ夜中に具合が悪くなっても、すべてを自分だけで処理すると決め、どんなに悪い状態になっても、彼には全く連絡しなかった。昼間に電話するときも、自分のことは全く言わずに家族のことだけを心配した。パートナーも一人で頑張っているのだから、それなりに大変だった。

治療を始めたとき、以前にも書いたように、私は治る希望は持っていなかった。埼玉にいたときいろいろな病院に通い、あれだけ努力したのに、どの治療も全く効果はなかったのだから、福岡で治療を始めたとしても、それほど劇的によくなるとは思えなかった。

しかし、治療を始めて少し経ってから、最悪の場所で固定していた症状が動き始め、身体に変化が起き始めていた。

真夜中に具合が悪くなり、立ち上がってみたら、床が斜めに傾いて、ちゃんと立てなくなっていたりした。治療を始めた結果として身体が柔らかくなり、自分の重心を保つことが出来なくなっていたのだ。深夜、猛烈な胃痛に見舞われ、吐くこともよくあった。自分の身体がどうなっているのか、まったく見当がつかなかった。それは底が知れない感じの不安感だった。しかし朝になってみるとそういった症状は治まっていることが多く、大事には至らなかったのは幸いだった。

九月下旬に福岡に来て、一一月の最初には母が私を置き去りにして帰ってしまったので、一一月中旬からは、全く独りだった。私は外に出たときに、ほんのわずかな人の親切がありがたくて涙が出た。当時の私は携帯電話も持ち運べないほど筋力が弱っていた。携帯電話を持って一〇歩も歩けば、それ一つの重さで、首、肩、背中、腰まで激痛が広がった。気持ちが行き詰まり、心が塞いだ私が、タクシーで公園まで行って、そこで具合が悪そうにしていると、石のベンチに座っている私に、座りやすい木製のベンチを譲ってくれる人がいた。私が小さな財布だけを入れたバックをもって、五歩あるいては縁石に座って休み、また五歩あるいては休みしていると、タクシー乗り場まで、そっと付き添ってくれる人がいた。私が休み休みしか歩けないので、その人も休み休み歩いてくれた。そういう人の温かさを私は部屋に持ち帰って、暖かさを心に抱きしめて、暖かさの中にくるまるようにして寝た。

夜、部屋の明かりを消すのがものすごく怖かった。夜中にどれだけ自分の具合が悪くなっても誰も助けに来ないことはよく分かっていた。さまざまな事情で救急車を呼ぶことができなかったし、何があったとしても、すべてを自分だけで処理しなければならなかった。果たして翌朝まで自分の命がもっているのかどうかさえ、怪しい気がした。死ぬのは怖くないが、死ぬ瞬間までの間にどれほどの地獄を見るのだろうと、それが怖かった。灯りを消してから朝になるまでの間は、文字通り「一寸先は闇」だった。

助けてくれた人

当時、一人では何も出来ないのに、一人で闘病している私の惨状を見て、NPO法人「助け合いの会」の人が、週に一回、ボランティアでようすを見に来てくれるようになった。そういう人の優しさが、どれだけ私の助けになったか分からない。「助け合いの会」の会長は、いつでも彼女の自宅に電話してくれていいからと言ってくれた。夜中に私の具合が悪くなり、どうしても自分で処理しきれなくなったとき、電話をすればすぐにタクシーで駆けつけるからと言ってくれた。言葉だけではなく、何をどうすればいいのか打ち合わせもしてくれた。夜中、私が具合が悪くなったときには、治療をしているクリニックに連絡してその医師の知っている救急病院に運んでもらわなければならなかった。知っている病院なら私の具合がそれ以上悪くならないような対応をしてもらえるはずだった。

「助け合いの会」の会長は、いざというときのために、タオルやパジャマや洗面具など、入院のための荷物も作ってくれた。私が倒れたときに、携帯電話がすぐに使えるようにと、電話を枕元に置いて寝ることを繰り返し念を押してくれた。私一人では引き出しからタオルやパジャマを取り出して、入院のための荷物をまとめることも出来なかったので、この親切は本当にありがたかった。

幸いにも、入院が必要なほど具合が悪くなることはなく、私はいちばん危ない時期を、何とか一人で持ちこたえた。しかし聞いたこともない病気の患者を相手に、「いざというときは私が面倒を見るから」と言うのは、勇気の要ることだったと私は思う。よく知らない病気であれば、私がいつどんな症状に見舞われるか、彼女たちには予想もつかない。そういうときに、ひるむことなく、「夜中でも朝でも、いつでも駆けつけるから」と請け合うのは生半可な気持ちで出来ることではなかったと思う。

会長は私の状態を見に来るときに、インターフォンを鳴らしてしばらく経っても私が扉を開けないと、中で倒れているのではないかと心臓がばくばくするくらい心配になると言っていた。私はと言えば、寝ている状態から起き上がり、休み休み伝い歩きして、ようやく扉を開けるまで、それなりに時間がかかってしまう。起きあがるときも、普通の人のように一度には起きられない。

インターフォンを聞くと、まずそっと首を起こし、ゆっくりと、片方の肘を敷き布団につき、もう片方の手で、やはりゆっくり掛け布団をはねのける。それからそろそろと上半身を起こしていく。次に、まずは布団の上に正座して、その状態からそろそろと片足を立てる。それから「よっ」と立ち上がり、その次にやっと一歩を歩き出す。その一つ一つの動作をするごとに、首、肩、背中、腕あたりが、刃物が付き刺さったような痛みに襲われる。一つ一つの動作を、痛みの大きさを計りながら、それ以上は痛くならない、ゆっくりした速度で行わなくてはならない。痛みを無視して速く動作をすれば、始めからあった痛みは、一気に始末に負えないくらい強くなる。

座った姿勢から立ち上がると、今度は背中の下部や腰関節までが痛くなる。おまけに全身に砂袋をぶら下げているような重量感だ。それとともに強い目まいも襲ってくる。だから普通の人のように、インターフォンを聞いたからと言って一気に玄関まで出ることができないのだ。そうやって何分もかかって、やっと扉を開けると、会長が青ざめた顔で立っている。その顔を見るたびに、私はいつも申し訳ないなあという気持ちになった。

冬に入って寒くなると、私が部屋の中で凍死しているのではないかとクリニックでは心配したらしく、何回かに渡ってスタッフがようすを見に来てくれた。私は携帯電話も持って歩けないくらいなので、当然、石油ストーブも使えない。ストーブに灯油を入れることが出来ないし、灯油を買いに行くこともできない。

自分が当時いた部屋を暖められるのはハロゲンヒーターと電気カーペットだけで、福岡は秋まではかなり暖かいが、冬になると一気に寒くなる。そういうときにヒーターとカーペットだけでは足りず、無事に過ごせないのではないかと医師は考えたようだった。ハロゲンヒーターだけでは本当に凍死しかねないと医師が言い、私は最も寒い一月から三月は、埼玉の家族のところに帰ることになった。

第5章

回復の途中で目に映ったもの

新聞とテレビ

福岡に移動したのが九月下旬で、実際に治療が始まったのは、一〇月下旬だった。そして、一二月ごろになると、なんとなく痛みの量が減ってきたような気がした。最初は単なる気のせいだろうかと思った。しかし年が変わるころになると、私ははっきりと痛みの量が減ってきたのを実感できるようになった。

健康人の痛みの尺度は、痛いか痛くないか、その二つだけだろうと思う。しかしこの病気にかかると、痛みの質と量にさまざまなバリエーションがあることに嫌でも気づくようになる。発熱に例えると、治療を始めたころは四〇度以上あって、日常生活も家事もまるでできなかったのが、一二月ごろになると熱が三八度くらいに下がったような感じになった。そしてときどき、布団から起きあがり、座った姿勢で新聞を二〇分くらい読めるようになった。新聞を二〇分読めるということは、そのあとに二時間ほど横になって休憩をとり、また二〇分読む、それを繰り返せば、読みたい記事はほとんど読めるということだ。これは世の中が変わって見えるくらいの進歩だった。また、テレビが以前と比べて楽に見られるようになった。五分も続けて画面を見られなかったのが、ちょくちょく視野を外して目を休めれば、一時間番組を、ほぼ通してみられるようになった。
症状が重かったときは、痛みのほかに地面から強烈な磁力が出ているような、体がものすごく重い感じがあった。しかしそれもだんだん改善していった。あれほどしつこかった目まいも、少しづつよくなっていった。

年が明けると、明らかに痛みの量が減ってきた。そのころ、念願のパソコンが三〇分程度ならできるようになった。それまでは、テレビ画面が見られないのと同様にパソコンも見られなかったのだが、ホームページなどの、比較的長い文章が読めるようになった。メールを出すときも数行がやっとだったのだが、原稿用紙二枚くらいの長い文章をパソコンに入力できるようになった。そして、医師からはパソコンは一日に三〇分までならオーケーという許しが出た。それに勇気を得て二月下旬ころに私はブログを開設して、そこにかなり長い文章を投稿し始めた。

歩くなどの運動動作がかなりできるようになり始めたのは、埼玉から福岡に戻って、再び治療を開始した四月ごろだった。そのころ、奇跡のように歩ける距離が、飛躍的に伸び始めた。治療を始める前、一度に歩ける距離は、どんなに頑張っても一〇メートルくらいだった。年が明けたばかりのころに、それがなんと一〇〇メートルに伸びた。埼玉に帰って一時症状は悪化したが、しかし四月にまた福岡に戻り、治療を再開しておよそ一週間ほどすると、奇跡のように、私はゆっくり歩けば五〇〇メートルを一気に歩けるようになった。これは、悪化してからの数年間を考えてみれば、とうてい信じられないような出来事だった。それまでは童話の人魚姫のように、一歩あるくごとに腰から背中、首に至るまで激痛が走り、歩くことじたい拷問さながらの難行苦行だったのだ。それが五〇〇メートルものあいだ、歩く動作を止めなくても済むくらいに痛みの量が減ってきた。たったの二週間で、それが一キロメートルに延びた。このころから、体じゅうに砂袋を付けているような重量感、疲労感があまり感じられなくなってきた。目まいも同じくらい減ってきた。

ピカソのゲルニカ

このころ、自分が痛みなく歩ける距離を、ほとんど痛みがないくらいのゆっくりとした速度で、できる限り歩くようにという指示が出た。私にとっては、歩くという行為そのものが、長いあいだの悲願だった。歩けるというのは、私にとっては「天国」という言葉に等しく、たとえ神様からあさって死ぬと言われても、もしそれと引き換えに楽しく歩ける一日がもらえるのであれば、それで本望というくらいだった。その前の年には、ときどきタクシーで公園に行っては、楽しそうに散歩している人の姿を、ひそかに涙を浮かべてじっと見ていた。その日々を思えば、歩けるというのは背中に羽が生えたくらいの嬉しさだった。私は指示された以上の距離を、毎日喜んで歩いた。そのころは、歩けるとはいえ、まだかなり強い痛みがあったのだが、五月になると、さらに痛みが減ってきたせいで、歩くことがさらに楽しくなってきた。

散歩の途中で店先に立ち止まり、並べられた商品を眺めたりする余裕が出てきた。発熱に例えると、三七度くらいの感じだ。まだ日常生活は無理だが、一日のうち三分の二は寝ていても、必要があれば寝床から起きあがり、食パンくらいは買いに行ける感じになってきた。六月になると、散歩の途中で、入った店の人と話をしたりする余裕が出てきた。それまでは、外出中はいつも猛烈な痛みのなかにいるため、いきなり病気のことを知らない人と話したりするのは、とても無理だったのだ。しかし私は、散歩の途中に偶然に入った店で、その店の人と話をすることができるようになった。それも痛みが相当減ってきた一つの証しだった。

私はこのころから、それまで出来なかったことが出来るようになるたびに、メモを取り始めた。六月二五日に印象的な出来事があった。いつも散歩の途中に寄る雑貨店の棚で、私はピカソのゲルニカの絵葉書を見つけた。ゲルニカは、ピカソがスペイン戦争を題材に描いた世界一ともいわれる名作だ。本物はスペインのマドリード美術館にあって、国外には絶対に出てこない。本物を見たければスペインに行くしかないというものだ。私は二十代のころから何としても本物のゲルニカを見たかった。発病する直前には、念願のスペイン旅行の計画を立てていた。パンフレットを集め、いつ休みを取るかを検討しているときに、発病した。私は病気が悪化し、もう二度とよくなる見込みがなくなったとき、一生、ゲルニカを見ることはないだろうと思い、あきらめた。あきらめたことは他にも数限りないほどあるが、どんな犠牲を払っても見たかったゲルニカを諦めたのは、私にとっては、人生そのものを諦めたのと同じくらいの重い意味があった。私は雑貨店の店先でその絵葉書を見ながら、ほかにも失ったものを、これから少しずつ取り戻せるのかもしれないという予感めいたものを感じた。

マンマ・ミーア

確かに少しずつではあるけれども、その後、私はいろいろなことができるようになった。同じ頃に、発病していた当日に履いていた靴が履けた。発病してから私は、いわゆる女性用の靴が一切履けなくなった。ヒールが低くても駄目で、先の細い女性靴を履いてたった一歩あるくだけで、腰から首まで激痛が走り、それ以上は一歩も前に足が出なくなる。まさに六年ぶりに、発症していた日に履いていた靴で一五分歩けた。運動靴以外の靴を履いたのは、六年ぶりだった。

七月になってから、私は思い切って博多港に船を見に行った。そこに海上保安庁の巡視船が停泊し、一般人にも公開されていたのだ。これは、私にとってはまさに一大冒険だった。私は「助け合いの会」の人にお願いして一緒に行ってもらった。人々が並んでいる行列の後ろにつき、三〇分くらい並んでデッキから船に乗り込み、ゆっくり船の中を見て回った。見学の途中で、船中の休憩室で二〇分ほど休んだが、ほぼ、ほかの人達と同じくらいのペースで船中を見て歩くことができた。

「凄いなあ。もの凄いことが出来るようになったなあ」というのがそのときの実感だった。私はそれまで、一生、港にさえ出かけることは不可能と思っていたのだ。埠頭を歩いたり、そこから海を眺めたり、港をそぞろ歩きする人たちの姿を見るだけでも大したことなのに、その港に停泊している船に乗ることが出来たのだ。下船してから三〇分以上ゆっくり座って休む必要があったが、それにしても一年前には、布団から起き上がることさえ必死で、たったの一〇メートルを歩くのに、激痛に見舞われ拷問さながらだったことを考えれば、ほんとうに夢のようだった。

痛みは相当押さえられてきて、三、四時間くらいの外出が出来るようになった。散歩したり、コーヒーショップでコーヒーを飲んだり、洋品店に入ってハンガーに掛かっている服を見て、それを手に取ったりできるようになってきた。散歩の途中でコンビニに入り、パンとハムくらいは買って来られるようになった。半年前は、携帯電話さえ重くて持ち歩けなかったのだ。パンとハムを持って数百メートル歩けるというのは、ものすごい進歩だった。日に日に、自分が人として生きる実感を取り戻している感じがあった。

その頃、福岡にある劇団四季劇場では、「マンマ・ミーア」の公演をやっていた。一年前の私だったら、劇場に体を運ぶことすら不可能だった。でもその時の私は、外出できる時間が延びて、一日に三時間か四時間くらいなら、散歩したり、ベンチに座ってゆっくり雲を眺めたりできた。バスに乗ったり降りたりすることや、二〇分程度、バスの座席に座って揺られることも、苦痛なしで出来るようになっていた。私は散歩のついでに、劇団四季劇場まで足を伸ばし、思い切って「マンマ・ミーア」の一番安い席を買った。そろそろ次の段階を目指したい気持ちが強くなっていた。私にとって、また一つよくなったという確実な実感が持てるのは、おそらく「観劇」という行為だろうと思った。

「観劇」そのものが、慢性疼痛（線維筋痛症）患者には難関なのだ。まずは、何とかして自分の身体を劇場まで運ばなければならない。その次には、開演までの時間を椅子に座ってじっと待たなければならない。この「待つ」という行為が、患者にとっては非常に苦しい。じっとしているだけで、まもなく目が回るような痛みがやってくる。少しでも身体を動かしたり、その場に横になって、身体にかかる重力を回避したりしなければ、とても耐えられない。そして上演が始まると、二時間なり三時間を、椅子の上にずっと座って観ていなければならない。これは重症患者にとってはとても不可能なことだ。以前の私なら、二〇分を越えたあたりで我慢できないくらいに背中や腰が痛み始めた。それでも我慢して座っていると、痛みで頭がくらくらしてくる。それは、舞台の上で何をやっていても、まったく頭に入ってこないほどの凄まじい痛みだ。

チケットの日付は七月二六日だった。治療を始めてから、約九ヶ月後だった。果たして私は、待っている時間も入れて、三時間もの長い時間、劇場の椅子の上にじっと座っていられるのだろうか。それは実際にやってみないと分からないことだった。たとえなんとか座っていられたとしても、その途中で舞台上で何をやっているのか分からないほど痛みが激しくなれば、「観劇」という行為に踏み切った意味はなかった。そういう意味では非常に大きな挑戦だった。しかし結果として、私は全部で三時間近く、じっと座り通すことが出来た。

楽しかった。

そして舞台の歌声を聞きながら、私はこの原稿を書こうと思った動機に思い当たった。ミュージカルナンバーの中に「Thank you for the music」というコーラスがあるが、私はそれを聴きながら、治療してくれた医師に感謝した。「Thank you for the music」を聴いて感動しながら涙が出てきた。がたがたと身体が震え出すほどの感動だった。私はこの「感動」という行為を諦めて、長い間を生きてきた。その六年という時間を思って、私は席の中に身体を沈めて声を殺して泣いた。

私がどういう辛い思いで、この種の行為を諦めて生きてきたか。それを諦めたとき、諦めるという運命を自分に受け入れさせたときの辛さが、まざまざと蘇ってきたからだ。

私は良くなることを諦めたとき、あらゆる楽しみや感動の経験は、それ以後の自分の人生で二度と得られないだろうと思った。死ぬ日まで、目が眩むような痛みの中で生きていくしかないと思い、そういう運命を自分自身に受け入れさせた。それを受け入れたときに、私が全身に感じた辛さや絶望、しかしそれでも私は生きていかなくてはならない、死んではならないという決意。そのときの思いがまざまざと蘇ってきた。

私がなぜこの原稿を書こうと思ったのか。それは、私が再び取り戻しつつある人生、そこで得られるはずのさまざまな体験を、ほかの人にもきっと必ず取り戻して欲しいからだ。動機はたったそれだけであり、それに尽きる。

芸術というものが大好きな私は、「人間というものは素晴らしいものだ」、そう思っていた。人は感動という宝物を造り出すことができる。そして、それを人に伝えることが出来る。それができる人間というものは素晴らしい。「マンマ・ミーア」のパンフレットには、「人生を抱きしめよう」と書いてあった。しかし、もしこの病気で重症になってしまったら、この凄まじい痛みしかない人生を、いったいどうやって抱きしめればいいのか、どうやれば、この痛みだらけの人生を抱きしめられるのか。

その一方で、毎日の辛い稽古や訓練を積み重ねて舞台に立って、こういう感動を私たちに伝えようとしてくれる人がいる。彼らの努力を受け取りたくても、どう頑張っても受け取れない人生。どう考えてみても私には、そんな人生は間違っているとしか思えない。「人間はこんな目に逢うべきではない。」違うだろうか。人間はこんな目に逢うために存在しているのか。そうではないだろう。

鱗雲（うろこぐも）

八月初旬、私はバスに乗って日本庭園を見に行った。

それまで、何度もバスには乗っていたのだが、たまたま混んでいて二〇分くらい立ち乗りすることになり、下車してから具合が悪くなった。混んでいる乗り物に立ち乗りするのはまだ無理のようだったが、しかし三〇分くらい座って休んだら、歩けるようになった。バス停から日本庭園まで一五分くらいの道を歩き、庭園の中も見て歩けた。敷地には茶屋もあり、ときどき座っては身体を休められたので、庭園のようすを見て楽しむことができた。

八月下旬には、美術館の企画展に行った。それまでも美術館には時どき行っていたのだが、規模の大きい企画展を、隅から隅まで自分の足で見てまわるのは、発病以来、初めての経験だった。美術館の中を見て歩くのは、思った以上に体力を使う。散歩のように一定のリズムで歩くわけではなくて、自分の身体の都合よりも、見たい位置で見ることが優先になってしまうからだ。絵の前で行ったり来たり、突然立ち止まったりするので、身体には思った以上の負担がかかる。美術館の中にはところどころにソファが置いてあり、疲れたらそれに座って休めたので、なんとかすべての会場を見て回ることができた。

大規模な企画展を見て、かつ楽しむには、まず、痛みの量が相当減っていなければならない。かつて痛みと闘いながら、ボランティアの助けを借りて車椅子で美術館を訪れたことは何度かあるが、激しい痛みと闘いながら見てまわっても、覚えていられる作品の数は、当然ほんのわずかでしかない。ましてや、どの部屋をどういう順番で回ったかなどは、まるで霞がかかったようで、ほとんど記憶できていない。激しい痛みは何ものかに意識を集中させることを著しく阻害するが、それと同じように、記憶に関しても、激痛が記憶という行為を阻害して、さまざまなものを記憶に焼き付けようとしても焼き付けることができないのだ。

八月下旬に美術館に行ったときは、見て楽しむだけでなく、会場のようすや来ていた人のようす、会場に置いてあったパンフレットの類や、受付の人の年格好まで、かなりのことを記憶できた。痛みに苦しんでいたころは、そんな観察力を発揮するどころではなかった。

九月下旬になって、私は道路の端に立って、一年前のことを思い出していた。まるで別の世界にいるようだった。私が見上げている空には、秋の鱗雲がいっぱいに広がっていた。青い空を背景に、幾百もの鱗雲が、整然と列を作って浮かんでいた。

福岡に来たのが前の年の九月なのだから、その年にだって、鱗雲は浮かんでいたはずだった。しかし私は、道路から見上げた空の景色は一つも覚えていなかった。空の色も覚えていなかった。翌年の九月、私は道路の端に立ったまま、空を飽かずに眺めていた。痛みが激減したということは、そういうことなのだった。道端に立って、こんなにも美しい空を眺めながら、じっと立ちつくすことができるのだ。

そのころ、私は毎日まいにち歩きながら、たくさんの空の景色を覚えた。道を歩いていては、ちょくちょく立ち止まり、そのあまりの美しさに、よく我を忘れた。デジタルカメラで何枚も空の写真を撮った。私が信号機の前で、横断歩道も渡らずに空の写真を撮っていたら、小学生の女の子たちが好奇心いっぱいの顔で、「何をしているんですか」と寄ってきたこともあった。

「空があんまり綺麗だから写真を撮ってるの」そう答えると、彼女たちはいかにもがっかりしたように、つまらなそうな顔で空を見上げた。私は自分の感じていることを何とか彼女たちに伝えようと、「ほら、空に鱗雲がいっぱい浮かんでいるでしょ。綺麗だなあ。秋だなあと思って」。

私が一生懸命にそう言っても、彼女たちには何のことだか分からないようだった。私は自分の感動を彼女たちと分け合えないことが、とても悲しかった。彼女たちの反応に、急に空が平凡なものに思えた。そうか、と私は思った。毎日見ている人たちにとって、いつどこででも見られる空ほど、平凡でありきたりなものはないのだろう。

私が感じた感動は、六年間、視力を失って、六年ぶりに目が見えるようになった、そういうものなのだ。凄まじい痛みのために、私は目が見えない人と同じように、道端に立って、すぐそこにある空も見上げることもできなかったのだった。

こういう種類の感覚は、その後もずっと私のなかに残った。広い公園に行って、生い茂る樹木の美しい緑の濃淡に見とれたり、木漏れ日が落ちる散歩道をずっと一人で歩いてきて、自分が立つ両側の生い茂った枝には、たくさんの蝉が止まっていて、頭から蝉時雨を浴びているのを感じたとき。私はとつぜん胸がどきどきと高鳴り出すのを感じてしまう。そして視界にはうっすらと涙がにじんでくる。どの一瞬一瞬も、自分には二度と訪れないだろうと思っていた、夢のような瞬間だからだ。

以前は一度外に出れば、その間ずっと、一瞬たりとも痛みからは逃れられなかった。だから公園のなかでふと立ち止まって、樹木の美しい緑に見入ったり、道端に落ちた、鮮やかに明暗模様を描く木漏れ日を眺めながら、自分に降りそそぐ蝉時雨を感じて、その音色に自分が今いる季節を感じ取れるような瞬間が、この自分に再び訪れようとは、夢にも思わなかった。

誰でも屋外を歩きながら無意識に、風を感じたり空の色を感じたり、自分が今いる季節の匂いを感じたりしているのだろうと思う。しかし、空の色や花の匂いなど、自然が人の五感に対して行う働きかけも、もし目が眩むような痛みの中にいたら、一切ないのと同じだ。

木々の緑の美しさや、蝉の鳴き声に自分が今いる季節を感じることも、痛みという檻の外に出て、ようやくかなえられることなのだと思う。

出発ロビー

一〇月に一度、福岡から埼玉の自宅に帰ることになった。往復には飛行機を使った。医師によれば、その時の状態なら、飛行機に乗って一人で往復できるだろうということだった。その年の一月に埼玉に帰った時には、一人では往復できなかった。家族やヘルパーさんに車椅子を押してもらってやっと往復した。それから九ヶ月経って、自分一人で福岡・埼玉間を往復できるとすれば、身体は非常に回復していることになる。

福岡空港で、私は出発ロビーの大きな窓から、広い飛行場に散らばって駐まっている飛行機を見ていた。飛行機の間を縫って、乗客の荷物を運ぶ連結車、機内の掃除をする人たち、機内に食事を運ぶ人などが働いていた。私がこれから乗る飛行機のために働いている人もいた。みな、もくもくと自分の仕事をこなしていた。考えてみれば、私は前から、そうやって一生懸命働いている人たちを見るのが好きだった。ロビーから見える、どの仕事に従事している人も、これから飛行機に乗る人のことや安全を考え、真摯に仕事に取り組んでいるように見えた。私もかつては、そういう人々に混じって仕事をする自分に誇りを感じていたが、発病と引き替えにそういう誇りも失ってしまった。朝、仕事に向かう人の姿を見るのが辛く、そういう人たちを見ると、自分が彼らから落ちこぼれていることを否応なく思い知らされた。どうあがいても私はもう通勤電車に乗ることができない。しかし辛い時期が続いたあと、私はすべての物ごとを諦め、自分が働くことや、そうなれるかもしれないという可能性も、意識のなかから追い払った。

自分の足で歩けなくなってからは、働いている人の姿を見る機会もなくなってしまった。福岡空港で、これから飛び立つ飛行機のため、もくもくと働いている人々の姿を見たのは、そういう意味では、本当に何年ぶりかのことだった。ほかの人たちは、相変わらず真面目に働いているなあと思った。私はずっと寝たきりだった布団の中から出てきて、ようやく、たくさんの人が働いている姿を見られるようになった。

飛行機に乗って羽田に着くまでの間、私は生まれて初めて飛行機に乗ったように緊張していた。果たして痛みがどのくらい強くなるか、分からなかったからだ。一人きりだったし、もし痛みが強くなっても、一人ですべて対処しなければならない。以前は飛行機に乗ることなど、とうてい考えられなかった。離陸や着陸時など、身体にかかる重力が切り替わる瞬間ごとに、身体に激痛が走り、体がぺちゃんこになるような恐ろしい重量感が襲ってきて、やがて発熱が始まってしまう。しかし飛行機が動き出しても、まずは、あれほどしつこかった目まいが起きなかった。首のまわりが少し痛かったが、それほど大した変化ではなかった。しばらくじっと座りながら、身体の変化をよく見てみた。少しの痛みはあったが、それが激痛にまではならない。普通の動作を邪魔するほどの痛みには変化してこない。そのとき、後ろの座席で喋っている人の声が聞こえた。それは新鮮であざやかな経験だった。痛みでもうろうとしているときには、少し離れたところで喋っている人の声は、まったくキャッチできない。耳はキャッチしているのだが、痛みのために、聞こえる言葉の意味やニュアンスを聴き分けることができない。記憶として焼き付けることもできない。

後ろを振り返ってみると、喋っている人が何処にいるのかが分かった。飛行機の中で、平気で後ろを振り返るという動作をしている自分自身が不思議だった。振り返ると自分の席から七列くらい後ろで喋っている人の顔が見えた。なんだか不思議なものを見ているような感じだった。激痛に苦しむはずの飛行機の中で、遠くで喋っている人の顔を平静に見ている自分自身が不思議だった。自分の隣りの席の人が、今、何をやっているのかがよく分かった。痛みが激しいときは、隣りの人が何をやっているかなど、まるで意識に入って来ない。おまけに、通路を歩いてくる搭乗員が一人一人見分けられ、彼女達の表情が具体的に把握できた。彼女達がどんなヘアスタイルをしていて、どんなスカーフの巻き方をしているか、観察することができた。彼女達に話しかけられるのがまったく怖くなかった。それらの経験は、例えると、長いこと壊れていて画面にはざあざあと雨が降っていたテレビが、突然映像を映し、正常な音声が聞こえ始めたような感じだった。世界がまるで違ったもののように見えた。

ひどい痛みや目まい、吐き気、重量感など、内心で恐れていたことは何も起こらなかった。私はなんなく羽田に着いて、飛行場に降り立った。

空港から乗ったモノレールの窓から、かつて、仕事で交渉に行った会社の看板、勉強させてもらった工場を持つ会社のネオンなどが見えた。私は一度、それらの世界から落ちこぼれたのだった。かつては自分の世界にあったそれらを思うたび、自分の不運を感じて平静な気分ではいられなかった。いくら嘆いても、失ったものは戻ってこない。それらのものは「この世にはない」という嘘を自分の中に設定しなければ、私は前向きには生きてこられなかったのだ。それらのものが再び私の世界に現れた。そして、それらのものを見ても、私は悲しくなかった。じっと看板を見つめても涙は沸いてこなかった。

私は六年の年月を失ってしまった。地獄の底を生きるか、それが嫌だったら死ぬしかない年月だった。私は五〇歳になっていた。

私の中には哀しみや苦しみで出来た大きな湖があって、そこにはまだ外に流せない涙がいっぱいあり、その涙を、少しずつ外に出す努力をしなければならないのかもしれないと思う。そうしないと、哀しみや悲嘆で出来た大きな湖が、またいつか私を絶望のどん底に突き落とすかもしれない。

小さかったころ、悲しかったことや苦しかったこと、誰にも理解されなかったこと、そういう自分自身の訴えに、成人した私が耳を傾けなかったことで、小さい頃の私自身の怒りが私に襲いかかったように。

私は自分の悲嘆に、もう少し耳を傾けるべきなのかもしれないと思う。

第6章

私を支えたものは
……ようやく文章が書けるようになる

痛みに漬かり続けた脳

私は発病し、悪化してからは、文章を書くことじたいを完全に断念していた。

文章を書くためには、布団から起き上がり、机の前で前屈みになってペンを握り、せめて三〇分くらいはその姿勢を保たなければならない。パソコンで文章を作るにしても、まずパソコンの画面を見ることが出来なければならないし、その上で、せめて三〇分は椅子に座ってキーボードを打ち込み続ける必要がある。私は身体を三〇分起こして前屈みの姿勢を取ることも、ペンを握ることもパソコンを操作することも、どれもできなかった。どの動作も始めて一〇分もしないうちに、激痛に襲われ、文章を書くための集中力は幕が下りたみたいに遮断されてしまう。頭の中で推敲するだけでは原稿用紙一枚分も文章を書くことはできない。

横になったまま、頭や舌の動きでキーボードを打つ装置もあるそうだが、しかしそのキーボードを打ち込むためには、頭を支える首なり舌なりの筋肉を、ある程度の時間は連続して使い続けることが必要になる。私の場合は首でも舌でも一ヶ所の筋肉を使い続ければ、かならず使った筋肉が短時間で痛くなった。

福岡で治療を始めて二ヶ月経ったころ、新聞が読めるようになったことは前に書いた。しかしまだ本は読めなかった。本を読むのと新聞を読むのはまったく違う作業で、新聞は薄く折りたたんで手で持てては、首はあまり傾けなくても紙面が読める。しかし本は新聞よりずっと重いため、首をより前に傾けるか、その姿勢が痛ければページが目に入るくらいまで本を持ち上げ、その角度でずっと本を支え続けなければならない。悪化してからは、自分の頭が重くて首を前に傾けるのは不可能で、また、ハードカバーの本を手で支えるだけの力はなかった。

しかし新聞が読めるようになって約一ヶ月後に、私は二〇分くらいなら、本を手で支えたり、少しだけ首を前に傾けたりして念願の本が読めるようになった。そして同じころに、三〇分くらいなら、布団から起き上がった姿勢で手書きでものが書けるようになった。これは私にとって、回復途上においての大きな転換点だった。

三〇分間起き上がり、手でなにかしら書けるようになったころ、それでも、果たして自分に文章が書けるのかということは、非常に疑問だった。発病する前には、文章を書くことじたいは難しくなかった。長い文章を書くのは楽しみの一つでもあった。しかしながらあれだけの長い間、猛烈な量の痛みに漬かり続けていた私の脳は、果たして無事なのかどうかということがとても疑問だった。まるっきり文章を書けなくなって、すでに三年以上が経っていたし、文章を作るということじたいを諦めていたから、脳をそのために使ったことがなかった。猛烈な痛みに閉じこめられ、脳は相当に劣化し錆つき、あちこち部品も欠け、メタメタ、ボロボロになっているだろう、もとの機能は相当損なわれているだろうと思えた。

ドストエフスキー

福岡で治療を始めてしばらくしてから、やっとのことで目が回復し始め、それまでは無理だったテレビが見られるようになった。そして地方局で放映していた「木枯し紋次郎」を私は布団に寝ながら毎日見ていた。孤独な境遇に耐える「木枯し紋次郎」の強さが私は大好きで、彼の上に当時の自分の孤独や、何としても私には必要だった精神力を重ね合わせてドラマを見ていた。監督は名匠市川崑。名監督の作ったすばらしい画面を見ながら、かつて大好きだった黒澤明監督の諸作品を思い出し、それについて、私は試しに文章を書いてみた。

「……黒澤監督が撮った一連の映画は、ロシアの文豪ドストエフスキーの作品群に匹敵する質と内容を備えていると私は思う。ドストエフスキーの小説を読まないでただ比喩として持ち出しているのではない。かつてドストエフスキーを五大叙事詩以外にも文庫に入っているものは一つを残して全部むさぼり読んだ。なぜ一つだけ残したかというと、残りわずかとなったところで、全て読んでしまえばもう新しく読み始めるものがないということに気がつき、そういう状態になるのが怖くて一つだけわざと読み残し、未だにそれは読んでいないのだが。結局のところ小説という分野では、そのあとにドストエフスキーを上回る興奮に出会ったことは一度もない。さらなる興奮を求めてトルストイや源氏物語にも触手を伸ばしたが、あれを上回る興奮に出会えるという期待ははずれた。結局、私にとってはドストエフスキーの作品群が人類史上最高の小説だった。

黒澤作品のすごさと比較するために、ドストエフスキーの小説のすごさを私なりに説明してみる。

たとえば小説中に『平凡な人』という設定の人間が出てくるとする。ふつうの小説家なら平凡という概念の上にたいした衣を着せられずに、その平凡な人は特徴的な主要人物のあいだに挟まり、風景画で言うならば、ぼやけた遠景の木のうちの一本といった扱いになる。

ドストエフスキーの場合は、いわゆる平凡な人物についても相当のページを割き、驚くようなエピソードを山のように盛り上げる。一つ一つをよく見ると少しも驚くようなエピソードではないのだが、その生き生きした描写をたどっていくうちに、この平凡な人物が驚くべきリアリティと生々しさで読者に迫ってくる。彼の小説ではどの『その他大勢』的な人物も、物語からあふれそうな存在感で登場し、主要な登場人物ともなると、ものすごい量の想念とそれを盛り込んだ一大叙事詩的な話し語りを始め、読者はそれを辿っているうちに、自分が生きている日常とは異質、異次元の、ハイテンションで緊迫した世界の中に連れ込まれる………」

量としては原稿用紙で一〇枚くらいのものだった。万全とは言いがたく、文が長すぎるとか分かりにくいという欠点はある。しかし書きたいイメージを頭の中で保ち、それを文章化するという根本的な作業能力については、あれだけの痛みの中で長時間埋もれていたにもかかわらず、脳の機能は壊れていないと思った。「よくもあの長い期間、目立つほどのひどい劣化もせず、大きなダメージも受けなかったものだ」。自分が書いたものを読んで、本心からそういう感慨があった。

「脳が筋肉質」という古いジョークがあるが、脳みそは筋肉でできているわけではない。馬鹿みたいかもしれないが、なにかしら、そういった、しみじみとした実感がこみ上げてきた。もしほんとうに脳が筋肉だったら、あの気が狂いそうな痛みがずっと続いたあとで、とても文章が書けるような状態だったとは思えない。猛烈な痛みに苛《さいな》まれていた長い時期を経ても、「私には、まだ文章を書くことができる」。それはほんとうに奇跡を感じる出来事だった。

「木枯し紋次郎」ブログを開設する

私は治療を始めてから四ヶ月後にブログを開いて、定期的にドラマ「木枯し紋次郎」に関する文章を投稿しはじめた。私はそれによって、自分の文章を書く力を確かめた。言いたいことや書きたいイメージが描けているかどうか、内容に矛盾はないか、文脈におかしいところはないか、長さはどうだろうか。この作業は私にとって、「書く」行為を通じたリハビリであり、自分にいったい何ができるのかを知るための自主トレーニングでもあった。身体的にはまだ相当の痛みがあった。本当は、長い文章を書くのはまだ無理な時期だったのだろうと思う。でも、もともとは文章を書くのが大好きだった私が、いかにこの作業に飢えていたかはよく分かった。

私は自分の書いたものの量と内容を見て、これなら何とか、自分の病気についての文章が書けるという感じを強めていった。

「病気について書く」と決意したのは、たぶん福岡で「マンマ・ミーア」の舞台を見たときだったと思う。私はとうとう地獄の底から這い出して、劇場でミュージカルを見ながら強く感動していた。でも、それだけではいけない。自分にできることをしなければ。私はそう思い定めたが、しかし好きなことについて好きなように書くのとは違い、病気のことを書くというのは想像を絶するくらいに辛い作業だった。

私は、自由に使えるのは脳と聴覚だけという状態のときに、そういう状態の辛さを訴える全身の叫び、心の痛みを表面には出さずに、平常心を保ち続けることを自分に強いて、強烈な自制心で、辛さを訴える心の痛みを抑えきってしまった。それは、たぶん異常な重圧を自分にかけていたということで、生身の私には簡単には耐えられないほどの辛い経験だったと思う。今、この体験を文章化しようとすると、私は心の状態が不安定になるし、感情を押さえきれなくなる。

自由に動かせるのが脳だけになってしまった私が、どのくらい辛い思いをしていたか、その辛さが全身に、四方八方から突き刺さってくる感じがある。

しかし、自分が痛みに焼かれていた時のことをきちんと描写するためには、その時の辛さを、もう一度追体験しなければならない。まるで一度は命からがら逃げ出した火事の中に、わざわざ逆戻りするようなもので、そういう意味で、この原稿を書くのは本当に辛い作業だった。たとえば東京大空襲からようやく逃れ、自分だけは助かった。しかし燃え上がる炎の中にはまだ大勢人がいて、生きながら焼かれている。自分だけ、その場から逃げるわけにはいかないではないか。

中で焼かれている大勢の人を助け出そうとしても、私にできることは大して多くはない。だが自分の経験を書くことで、まだ炎の中にいる人たちにこの病気についての何がしかのことを伝えたり、そこから逃げる道についての何かを伝えることはできるだろう。しかし本当のことを伝えるためには自分自身の辛い体験を書かなければならない。私は「木枯し紋次郎」の長いブログを通じて、なんとかこの辛い経験を書けるという自分自身の心証を得て、ようやくこれに取り掛かった。

私はゴミじゃない

この病気を発症したとき、いくらがんばって治療しても痛みが少しも軽減しないことで精神的に参ってしまうことが多い。しかし、将来にも人生にも何の希望も持てなかった私が、最後の最後まで精神的には崩れず、人格にも性格にも価値観にもなんの変化もなかったのには、おそらく私なりの事情があるように思う。

前にも書いたように私は自分が何の役にも立たなくなってから、自分のことをまさに「ゴミ」だと思っていた。台所のシンクの三角コーナーにある生ゴミと同じか、それ以下だと思っていた。自分を「ゴミ」だなあと思うようになってから、まわりの人たちにしばしば「私はゴミみたいなものだから」と言った。卑下しているというより自分自身の率直な感想、実感を言ったまでなのだが、それに同意する人は一人もいなかった。冗談と受け止めて笑ってくれる人もいなかった。

しかし私は自分には何も希望がない、将来もない、人生はすでに終わっていると冷静に判断できたことが、結局は自分の心、精神が崩れるのを最後の最後まで支えたという実感がある。これについては誤解を受けないように丁寧に説明したい。

自分を「ゴミ」と冷静に判断できるのは、いわゆる「ニヒリズム」が私の中にあるということであり、このニヒリズムといえるものがあったからこそ、私は事実上終わってしまった自分の人生を、冷静に眺めることができた。私には何も希望がなく、人間としての生活の中身は何もないし、これからもその中身が充填される希望はない。そういう意味では、私の人生は終わってしまっているのと同じだった。ただ、生命体としては機能している。

私は子どものころからたくさんの本を読んできたが、二〇代の頃に、フランスの哲学者サルトルにはまり、彼が書いた小説や戯曲を二年間、それだけに没頭して読んだ（口絵参照）。これまで読んだなかで、もっとも興奮して読んだ一冊を挙げるとすれば、サルトルの『嘔吐』になる。『嘔吐』に書かれていることは単純だ。世の中には「実存」しか存在しない。人間、善きことをやったから報われるとか、悪いことをすれば神様が見ていて罰を受けるとか、あるいは人間として生を受けたからには、生まれたこと自体に何かしらの意味があるとか、そういった有機的なものは、生きている世界にはまったく存在しない。

この世の中には「実存」があるだけだ。彼の著書から私が受け取った意味はそういうことになる。

子どものころから私がいちばん夢中になって読んだ本は、さまざまな国で書かれた小説だった。だから私は、人生があたかも小説と似たようなものであるという錯覚を持っていた。生まれたことには何らかの意味があるとか、生きる時間は物語のような構成になっていて、いつも必ず何か意味のあることが起こるといった漠然とした印象。サルトルの『嘔吐』を読んで、そのイメージが、完膚なきまでにこなごなにされた。私はじっくり考えてみて、実際、サルトルの言うとおりだと思った。

この世には、「実存」しか存在しない。私はそれまでのあらゆる経験を参考にして、サルトルの言っていることを、さまざまな角度から考えてみた。あれだけ強靭に一つの「概念」を考え抜いたことは、私の人生の中で、それ以前もそれ以後もない。その結果として世の中には「実存」しかないことがつくづく見えたので、私はそれ以上、この概念について考えることを止めた。「実存」のみを見つめていると、すべてのものがそれしか意味のない、ただの「もの」に転化してしまう。すべてが「実存」に転化してしまった世の中は、殺伐とした荒野だ。

しかし「実存」について考え抜いた経験は、私の中に大きいものとして残った。「実存」について考え抜いたことが、私自身を眺めて、冷静に「ゴミ」と判断した。もっと丁寧に説明すると、次のようなことになる。

私は生まれてからずっと、何かしら人の役に立ちたいと思って生きてきた。自分が何かの役に立っているということを生き甲斐にしているところがあったし、誰かの役に立っていないと自分を意味のある存在だと感じることができない。しかし私は発症し、誰の役にも、何の役にも立たなくなってしまった。私は自分を「ゴミ」だと感じたが、しかし「役に立たない」とすれば、私はいったいどうしたらいいか。私はいったいどう生きるべきか。役に立たないならば、せめて人に迷惑をかけないように、なるべく負担をかけないように心がけるべきではないか。

自分がこのような状態になったことについて、両親の問題とかさまざまなストレスなど、いろいろな原因があったと思うが、しかし、そういったことに発病の責任を求めてみても、「実存」しかない世の中では、何の建設的な結果も生み出さない。親が子どもを虐待したところでそれが表に出なければ親に虐待への罰が下されることはない。虐待された子どもが、それがもとでマイナスの遺伝子を顕在化させたり、地獄の底のような苦しみを味わうことになったとしても、実存的に言えば、それは何もおかしい話ではない。それはつまり、私の運が悪いということだ。運が悪い人生に生まれてきたという実存があるだけだ。それは悲しいことだったが、しかしだからといって、それならいったいどうするか。

「こういう痛みしかない身体、痛みしかない人生なのだから、いつ死んでもまったく惜しくはないが、ただ自分が自殺したら周囲の人の記憶や心を傷つける結果になってしまうだろう。それは正しくない。だから『死ぬ』日までは、自らは死なない」そういう結論になる。

「役に立たなくなってしまった以上は、健康で生産的な生活をしている回りの人に迷惑を掛けてはいけない。これ以上、周りの人の負担にならないようにしよう」という気持ちが、実際に私を支えた。実存的に言えば、私は役に立たないのだから、これ以上、できるだけ迷惑をかけてはいけない存在だった。迷惑をかければ人の役にたちたいという、私の生き方そのものを否定することになってしまうのだ。

私はどちらかというと、いつも冷静な顔をして、周りの人の迷惑にならないように、心配をかけるのは最低限にしようと思っていた。できるだけ冗談を言い、楽しいことを言うように心がけた。相手に余計な負担をかける存在にならないように、ありがとうの気持ちをたくさん伝えるようにした。ゴミのような存在の私は、これ以上周りの負担になってはいけない。私がそう考えたのは間違いなく、二〇代のころに「実存」について、強く考え抜いたことが関係している。

治療についても、うまくいけば「めっけもの」だが、ダメだからと言って、べつにどうということはないと私は思っていた。

世の中には「実存」があるだけだ。治療で良くなる保障は何もないし、うまくいくか、駄目か、世の中にはただ、そういう「実存」があるだけだ。そういうふっきれた気持ちが、「治るかどうか」という、なまじ希望を持っているからこそ生じるストレスを防ぐことになった。

実際、治療が進んでいくに従って、状態は良くなったり悪くなったりした。しかし私の中には、いつも「何ものにも期待しないニヒリズム」があって、上下に波があった治療に振り回されず、平静な気持ちで治療に付き合っていく力になった。この「ニヒリズム」、つまりは他人には期待しないという気持ちは、間違いなく、私自身の子どものころの経験から来ていると思う。とつぜん手に煙草を押しつけたり、それを特別に反省するふうもない親の姿を見て、実の親がこういった感じでは、ほかの人になにかを期待することは到底できないだろうというニヒリスティックな思いを抱え込むことになったたし、ほかの人へのさまざまな期待も自分の手で断ち切ったと思う。

娘の私を勝手に私物化して酷使する親について、誰もそれを是正したり、糾してくれることはなかったし、親が設定した理不尽な状況や、父親が、母親へのパフォーマンスとして私に暴力をふるう過程を通して、私個人はそれをどうすることもできず、無抵抗な存在としてそれを受け入れるしかなかった。

名匠市川崑監督が監修した「木枯し紋次郎」は、他人には何も期待しないニヒリズムと、どれだけ他人から裏切られても、自分が決めた掟だけを支えにして生きていく人物だが、私はテレビで見た彼の姿に自分自身の心情を見て、ずっとそれを、独りぼっちだった自分の支えにしていた。この病気にかかったら、最後の最後まで精神的に崩れないということが重要であり、何よりも凄まじい痛みと闘うための「敢闘精神」は大切だ。そして自分の心が折れないように、最後の最後まで自分の心を調整する必要があると思う。

内側からの声

誰も自分から死にたいと思う人はいないだろう。病気になった患者だって、誰一人として死にたいとは思っていないと思う。しかし、毎日まいにち痛みと闘い続け、闘う気力が尽き、もう闘いきれないと思うと、「戦死」するような感じで自殺を選ぶ可能性は捨てきれない。何とかして痛みと闘っている患者を救い出したい。一人でもいいから痛みに負けそうになっている人を救いたい。しかし私がそういう思いでこの手記を書こうとしてから、実際に書き始めるまでに、数ヶ月がかかってしまった。何ヶ月にも渡って私はこの経験を、どうしても書き出すことが出来なかった。書こうとしてペンを取り上げるだけで、スポーツのあとで汗が噴出するように涙があふれ出てきて、テーブルの上の原稿用紙が、雨が降り出した地面のように濡れた。書き始めるときは、「汗止め」のように毎回、「涙止め」のタオルをテーブルに敷かなくてはならなかった。それを考えて、外出する前や誰かが家に来ることが分かっているときには原稿を書けなかった。私に出来ることなど、たかが知れているし、たいしたことは出来ないのは分かっているが、しかし何もやらないよりはましではないか。

この原稿を書くため、私は「木枯し紋次郎」の文章を書き続けた。好きなことについて、好きなだけ好きなように書く。この楽しい作業なしでは、私にはとてもこの辛い原稿は書けなかった。「木枯し紋次郎」のブログはいつのまにか原稿用紙で八〇〇枚という枚数になった。なぜ突然、こんな分量の文章が書けてしまったのか、自分でも不思議だった。でもある日、私は自分の声に気がついた。「私はゴミじゃない」。

私自身が自分に向かってそう主張していた。私は自分を長い間ずっとゴミと判断していた。脳も、ゴミになってしまった容器（肉体）に閉じこめられ、ずっと外に出られなかったから私の肉体と一緒にゴミとジャッジされていた。その脳が、やっと痛みでできている檻の外に出てきて「私はゴミじゃない」と主張していた。八〇〇枚という枚数は、その脳の言い分だと私は思った。その叫びを感じて、私が「ずいぶん辛かったね」と自分自身に話しかけたら涙が止まらなくなった。

文章なり他の手法なりで、自分が感じたことを表現するのは楽しみの一つであり、それがうまくいくと、とても楽しい気分になれる。しかし脳はその楽しさを知っているのに、「一生、それはできない」と言われ、「でも絶望して死んではいけない」と言われていたのだ。その上、私からゴミ扱いされていた脳は、「いや、私はゴミじゃない」と言いたかったのだろう。八〇〇枚という枚数は、「ゴミじゃないと認めて欲しい」という私自身の叫びだったのだろうと思う。そのアピールを感じてから、私はそれ以前に、ひんぱんに口に出していたことを言わなくなった。

「死に損ない」。

私は回復してきてから、初めて会う人ごとに、自分のことをそう紹介していた。また、「ゴミの有効利用」「ゴミのリサイクル」とも自称していた。しかし、「ゴミじゃないと認めてほしい」という自分自身のアピールを感じてから、私はそのようなことを人に向かって言わなくなった。

第7章 過去の病院めぐり

これまで書いたことと重なる箇所もあるが、過去に私がどのような治療を受けてきたのか、そして、それらの治療を通じ、私が少しずつ悪くなっていった経過をかいつまんで書いてみようと思う。それを見ると、身体のどこかに痛みが出たとき、誰でも普通に受けるであろうさまざまな治療が、私の場合、ことごとくといっていいほど、ミスマッチを起こしていたことが伺われるからだ。

少しずつ悪くなっていった頃

ふつうの人は、病気になれば病院に行き、そして医師に診せれば治ると漠然と思っていて、かかりつけ医師の手に負えない場合でも、どこか大きな病院を紹介してもらってそこに行けばなんとかなる、何となく「どの病院に行ってもどうにもならないようなことなど起こらない」と思い、それなりに安心して暮らしていると思う。この疾患を発症する前の私も、やはり漠然とそういう考え方で暮らしている、ありきたりの人だった。

しかし私が何ヶ所もの病院や治療院に行って、医師から処方された薬を飲み、そして一生懸命に言われたことを守り、まじめに治療していた期間を通じて、私の症状は少しずつ悪化していった。

最初に行った病院では椎間板ヘルニアの疑いありと言われたが、レントゲンを撮った結果その所見はなく、結局のところ原因は不明だった。そして、ある日突然歩けなくなった私は、その後いくら待っても歩けるようにはならなかった。次に行ったクリニックで言われたことは、腰の仙骨が少しずれているということだった。毎日、腰をくるりくるりとゆっくり一〇〇回ずつ回し、また週に一回ずつ整体の治療を受けることで、だんだんと歩けるようになるだろうと言われた。クリニックにまじめに通い、整体を受け、言われたとおりに毎日ゆっくりと腰を回すことを続けているうちに、一〇メートルも続けて歩けなかったのが、五〇メートルなら続けて歩けるようになった。しかしそれが限度だった。それ以上の距離は歩けるようにならず、五〇メートルを越えると腰関節がばらばらになりそうな痛みが襲ってきた。

新しい病名との出会い

そのころ、私は自分の感じている痛みが、それまでとはまるで違う性質のものであるということに気づき始めていた。まず、最初は腰のみに限定されていた痛みが、懸命な治療の努力とは裏腹に、腰から背中、背中から肩胛骨、そして肩から首へと這い上がってきていた。いくら言われたことをまじめに守っても、それまでの病気とはようすが違った。少しでも早く元の身体に戻りたいという切実な期待とは裏腹に、しだいに悪化していく現状を見て私は衝撃を受けていた。

なにかしら、自分の身体に異常事態が起こっている。そう感じた自分は第一章で書いたように、新聞で「新しい病気　線維筋痛症」という記事を見つけ、インターネットで病名を調べ、この疾患について最初に論文を発表した医師の診断によって、自分がこの新しい病気を発症していることを知った。これが「線維筋痛症」との出会いだった。

世界的に治療法がないといわれ、また、日本ではまだほとんど知られていない病気だった。

私は、そのN医師のいる病院に定期的に通い始め、処方された薬を飲んだ。その当時はのちに苦しむことになる「化学物質過敏症」が出てくる前で、幸いにも辛い副作用は出なかったが、しかし数ヶ月飲み続けても、痛みがなくなったり歩ける距離が伸びるといった好転はみられなかった。しかも、その病院に行くには、自宅から電車やバスを乗り継いで二時間以上もかかった。いいところ五〇メートルしか歩けない身体でその病院に通うのは大変だった。五ヶ月間通っても好転の兆しが見られなかったので、私はその病院に通うことは諦めた。

一気に悪化する

そのころ、私は自分が不治の病にかかっていると自覚した上で、自分にもなにかできることはないだろうかと探すようになった。身体は一日じゅう痛かったが、その当時は短い文章ならまだ書けたので、国や県の行政モニターをやってみることにした。行政施策について具体的な意見を書いて、定期的に国や県に提出する仕事だ。報酬は些少で、いわゆるボランティアである。しかし不治の病を発症してしまえば他にできることはないのだから、そういうことをやって「お役に立ちたい」気持ちをなだめるしか道はなかった。そういうことをやりながら、気長にいい治療法が現れるまで待つしかないと私は思った。

しかしこの生活も、思いもかけないことで症状の悪化に見舞われ、一気に苦しくなった。これも第一章で書いたことと重なるが、発症してから二年半が過ぎたころ、近くの歯科医院で検診を受けて、一気に症状が悪化した。検診した医師が歯茎の状態を確かめるためという理由で、私の奥歯に全体重をかけて歯を揺らした。そしてその翌日から私の目には、はっきりとした異常が出始めた。光がものすごく眩しい、ハンディカメラの映像を見ているように見ているものがぶれる、そのほかにも船酔い状態のような、ひどい目まい、非常な疲労感、重量感も出始めた。私は検診した歯科医に、自分が線維筋痛症という病気を発症していること、歯科検診の翌日から上記のような症状が始まったことを説明した。すると歯科医は、婉曲に「もう二度とくるな」という意味のことを言い、そして「大学病院に行けば、そういう特別な病気にかかった患者を喜んで診察する、それを生き甲斐にしている先生がたくさんいるから」と言って、「好きな病院の口腔外科に紹介状を書いて上げるから、どこでも言いなさい」と言った。

私は、自宅から行きやすい場所で、線維筋痛症を診ている医師のいるN大病院の名前を上げて、紹介状を書いてもらった。私は体よく追い払われたと感じたが、しかしそれほどの怒りも感じなかった。その当時、この病気のことに詳しい医師はほとんどいなかったし、どのみち不治の病なのだという認識の中に私はいて、その絶望的な事実に比べたら、その時の悪化は、それほどの大きな怒りを招くことにはならなかったからだ。しかし今の時点で考えれば、このときの悪化は、今私が持っている知識があれば、絶対に招かなくて済んだ事態だった。このときに症状を悪化させたことで、その後の自分がどれだけの苦しみを味わったかを考えれば、このときの私のように、知識があれば防げた悪化によって苦しむ患者を少しでも減らせればという希望を持たずにはいられない。

次に私は紹介状を持ってN大学病院に行った。このN大学病院のM医師は、線維筋痛症患者の間ではかなり名が知られていた。私がM医師に、日本で初めてこの疾患の論文を書いたN医師に、病気の診断をしてもらったことを話すと、「N先生は、日本で最初にこの疾患に注目した第一人者だから」という意味のことを言って、「それに比べれば自分はまだまだ」というようなことを言った。

私は、発症してからわりに早い時点で、N医師から診断を受けられたのはラッキーだったのだと思った。そしてM医師は、心理的な症状をチェックするための問診表を毎回患者に渡し、それに記入させながら、二、三分質問して、さまざまな薬を処方した。しかし私はどの薬も四日も飲み続ければかならず胃が痛くなった。そして、M医師はそれを言うたびに薬を替えるので、私は結果として、さまざまな薬を投与されることになった。

そして、Pという薬は四日飲み続けても胃が痛くならなかったので、私はしばらくその薬を飲み続けた。そして、しばらくすると、私は自分の身体がまるで軟体動物にでもなったように力が入らなくなってきたのを感じた。だんだんと、身体を起こしていること自体が辛くなってきた。その上に、目まいの症状が耐え難いほどひどくなってきた。それまでも目に映る映像は、まるでハンディカメラで撮った揺れる映像を見ているようだったのに、その上、新聞やチラシのような、静止したものを見るのさえ辛くなってきた。

薬を止める

私は痛みが何とかなるときでもスーパーにさえ入れなくなっていた。棚に並んだ物を見るのが辛く、棚の上の品物を眺めていると気持ちが悪くなってくる。そこに並んだ数十もの品物を、目が識別することができない。棚の品物をちらりとでも眺めると、そのとたん、遊園地のジェットコースターに乗ったような気持ち悪さに襲われた。

そのころから、目を開けていること自体が辛くなってきた。歩ける距離は、実質ゼロになり、私は毎回タクシーで病院まで行って、タクシーから転げ落ちるように地面に降りると、そこから一歩も歩けなかった。看護師さんに車椅子を運んでもらい、それで病院の入り口をくぐっていたのもそのころだ。私はそれでもやっとの思いでN大病院に通っていた。そして、あまりに自分の症状がおかしいので、きっと脳のどこかに異常があるに違いないと考えて、J大付属〇センターでＭＲＩ（磁気共鳴映像診断法）を受けた。

それまでに持っていた知識で、線維筋痛症とよく似た症状をもつ「脳脊髄液減少症」という病気があり、もしかすると、私はこれを併発しているのではないかと疑ったのだ。激しい目まい、視覚に現れた異常、すさまじい重量感に襲われ体を立てていられなくなるなど、私は、脳のどこかに異常が起きているのではないかと疑わざるを得なかった。しかしＭＲＩを受けてみた結果、〇センターの脳神経内科医の所見は、脳にはまったく異常は起きていないというものだった。私が疑った、脳脊髄液減少症の所見もないと医師は言った。私の当時の年齢は四七歳だったが、医師は脳の断面図を見て、その年齢にしては脳は非常に若いという意味のことを言った。それを聞いて、私はいったい、何がどうなっているのだろうかと思った。何が原因で、自分の身体が軟体動物のようになっているのか、どういう理由で、お日様の光が耐えられずに目を開けていられないのか、なぜ自分の頭を少し右に傾けただけで、ものすごい目まいと気持ち悪さに襲われるのか。

そして私はその医師の話を聞きながら、今飲んでいる薬はすべて止めようと考えていた。

それは私の中で、何かを吹っ切ったということだった。どのみちこの病気が絶望的であるならば、薬を飲んでも飲まなくても、どっちみち無駄だと私は思った。薬を飲んでこれだけ症状が悪化するならば、薬を止めたからといって、それ以上に悪化することはあるまいと私は思った。

そのころ私は、目の疾患を疑い診察を受けた眼科で、緑内障と白内障にプラスして眼底が痛んでいるという診断を受けていた。そして私は眼科で処方された緑内障の点眼薬を差しただけで具合が悪くなった。薬を点眼すると、そのたびに脱力感と微熱に見舞われた。私は点眼薬だけは我慢するにしろ、それ以外の薬はもう止めようと思った。このころが、私が最初に自殺を考えた時期になる。症状は最悪であり、しかも前途に希望の光はまるで見えなかった。

次にN大病院に行ったときに、私はM医師にそのことを話して、「薬を飲むと辛いんですけど」と言った。しかしM医師は私の話を聞くと、今度はPではない別の薬を大量に処方してくれた。私は正直言って、M医師の治療に失望した。これだけ薬の副作用が辛いと言っているのに、なぜ別の薬を大量に出すのか。なぜ薬以外の治療法について工夫してくれたり、ほかの可能性を探ってくれないのか。私の、薬を飲むのが辛いという訴えに正面から向き合ってくれない治療方法にがっかりした。なぜ、薬を飲むと辛い副作用が出るということについて、まじめに考えてくれないのかと思った。

小康状態になる

私は待合室の椅子に座ってしばらく考えて、やっぱり薬を飲むのはよそうと思った。それで私はN大病院に行くことも止めざるを得なかった。

私はPという薬もほかの鎮痛剤も飲むのを止めた。すると、止めて二週間ほどしてから、あれほど重かった目まいや重量感が少しずつ減っていった。歩ける距離も、少しずつ伸びていった。一ヶ月経つと、私は発病してから初めて、一五分くらい続けて歩けるようになっているのを発見した。

この奇跡のような、例外的な時期は半年ほど続いた。痛みは相変わらず強かったが、しかし身体に感じる脱力感、重量感が減ってきたせいで、痛いなりに歩く動作ができるようになってきたということだった。私は少しだけ希望を持った。そして私は毎日、まじめに少しずつ歩いた。やがて、歩ける距離がだんだんと伸び、このまま少しずつよくなるかもしれない、元の身体に戻ることは諦めざるを得ないにしても、強い痛みはずっとこのまま続くにしても、なんとか日常生活を送れるくらいに回復できるのではないかという小さな希望を持った。しかし、この小康状態も、ある日を境に、まるで奈落の底にでも転げ落ちるように悪い方向に傾いた。

何とか歩けるようになってから半年ほど経ったころ、私はどうしても必要に迫られて、日本酒が入った一升瓶を一〇〇メートルくらい持ち運ばざるを得ない場面に遭遇した。

私はその日、ある集まりに出なくてはならなかった。ほかの人がそれに行ける状況ではなかったので、仕方がなく私は一人でその集まりに出かけた。なんとかして一五分くらいは歩けたころだった。この疾患の患者は、知らない人には、そんなに重い病気を発症しているとは理解されないことが多く、私はその日、一度も会ったことのない人から、日本酒が入った一升瓶をある会場まで運ぶように頼まれた。いろいろな事情で、その場に日本酒を運べる人は私しかおらず、それが運べないとたくさんの人に迷惑がかかるような状況だった。私はまずいことになったと思ったが、しかしそのときの私はかなりしっかりと歩けていたので、一〇〇メートルくらいなら、なんとか瓶を運べるかもしれないと思った。

それで私は、とにかくその瓶を持って、一〇〇メートルを歩いた。そして、それを会場に置いて外に出てくるときに、私は自分の身体が、明らかにおかしくなっていることを感じた。外へ向かって歩いていく途中から自分の身体が、地べたにむかってだんだんとすり減っていくような、一種、異様な感じがした。まもなく、腰回りに鉛をぶら下げたような特殊な痛みがやってきた。その重くるしい痛みが、すぐに目が眩むような激痛に変わった。それまでの、痛いなりになんとか歩けた状態から、激烈な痛みと筋力の低下でまったく歩けなくなる寸前の、前駆症状であることが私にはわかった。

最悪の状態

私はその日、なんとかして家にまでたどり着けたが、おそらく翌日から、自分が底が抜けたように悪化するだろうと覚悟した。そして予想通りに、その翌日には五〇メートルも歩けなくなっているのを発見した。歩ける距離は、それから次第に短くなって、一ヶ月後には一〇メートルも歩けなくなっていた。最終的には、二、三歩あるくだけで激痛に見舞われて、家の外には出られなくなった。そして発症以来、最悪の時期がやってきた。

私は、その集まりで、自分に一升瓶を運ばせた人への怒りはあまり感じなかった。私にそれを頼んだ人は、その日初めて会った人で、私の疾患のことをまったく知らなかった。そのときの私のようすを見て、もし瓶を持たせて一〇〇メートル歩かせれば、これだけ病気が悪化するだろうと予測できた人は、おそらくこの世に一人もいなかっただろう。どのみち、誰にいくら説明しても、とうてい理解してもらえないような疾患なのだった。

もしその時点で私が病気を悪化させなかったとしても、瓶を一〇〇メートル持ち運んだくらいのことでそれほどにも悪化してしまうなら、その時でなくとも、きっとどこかの時点でまた、自分の状態を悪化させてしまっていただろう。そういうあきらめの気持ちがそのときの私の中にはあった。

この疾患のことがもっと世の人に知られ、どういう病気なのかが理解されていれば、もしかすると私の悪化は防げたかもしれない。しかし残念ながら、そういうときがやって来るまで、まだまだたくさんの月日がかかりそうだ。

それからは、激しい痛みと闘うことが、生きていくうちの九割以上を占める毎日となった。布団に寝ながら、そのとき感じている強い痛みが少しでも減る足の位置を試し、手の位置を試し、身体の角度を試し、毎日まいにち朝からそれを工夫しながら一日が暮れていく。一日中、強い痛みを凌ぐことに追いまくられて、ほかには何ひとつできることはなかった。痛みには休憩時間はない。日が暮れ、寝る時間になったからといって、痛みはとくに楽にはならない。眠りは浅く一度は眠っても、夜中に何度も激しい痛みに起こされた。一生、よくなる希望は持てないと思えた。

一升瓶を持って歩いて非常に悪化してから八ヶ月くらい経って、同じ病気を発症している友人から漢方の話を聞いた。当時、私が絶望的なことを知って、母親が家に家事手伝いに来るようになっていた。そして漢方を処方する医師のことを聞き、私一人ではとうてい病院には通えないので、母親が私の乗った車椅子を押して、その医師のいる病院にしばらく通ってみることになった。

それにしても埼玉から新宿にあるその病院に通うのは大変だった。そのころの私は、車椅子に乗っても、振動による痛みや目まい、車椅子に座ることによって起こる上半身の猛烈な痛みのために、三〇分も続けて車椅子に乗っていることができなかった。移動を始めて三〇分くらい経つと、いちど車椅子から降りてその辺の地べたに座り、しばらくのあいだ休憩しなければならない。そうやって通った病院でも、私は処方された漢方薬を飲んでみて、ふたたび強い副作用が出るのを感じた。しかしその医師は、前回の、私が強い副作用を訴えても繰り返し繰り返し違う薬を処方してくれたM医師よりは親切で、一度私が薬を飲んで副作用が出てからは、薬の処方は中止してくれた。

その代わりに、よく身体を温めることとか、湯を入れた複数の水枕を布団に入れて、それで身体を左右から挟むとか、血流をよくするためにさまざまな方法を伝授してくれた。確かにそれをすると痛みが少し楽になったが、歩けるようになるといった身体の回復には至らなかった。その時期に医師に書いてもらった診断書の内容は、以下の通りになる。

1、圧痛点
・線維筋痛症の診断基準になる全身の圧痛点すべてに、軽度の圧迫で、痛みを認める。
(圧痛点18／18で陽性)
つまり、圧痛点のどこをわずかに押しても、強い痛みが生じる状態。

2、具体的な症状
・初診時に漢方薬を処方したが、内服すると気分が悪くなる。パフォーマンスステージは、九でスタート。よいときで八。
・症状：著明な疲労、倦怠感、時々ある微熱、著明な脱力感、筋肉痛、労作後長く続く倦怠感、関節痛、頭痛、中途覚醒を伴う不眠、物忘れ、思考力集中力の低下が時々見られる。

・身の回りのことは、衣類の着脱においては自力で不可能であり、日常生活の大半のことは介助が必要である。日中の三分の二以上は就床、労働は不可能な状態。外出するにしても車椅子で全面介助で通院するのが限度である。

（T医大付属研究所、M医師による診断書）

この診断書を書いてもらった時期、私は人生におけるすべての物ごとをあきらめ、ただ、痛みに耐えながらひらすら死を迎える日を待つという体勢に入っていた。死ぬことはまったく怖くなく、逆に、どうやっても止まらない痛みを止めるためには、「死」は私に唯一残された確実な手段だった。

回復してからのちに、私は市川崑監督が一九六〇年に製作した映画「野火」を見た。映画の中で描かれている日本兵たちと、そのころの自分の心情に、とても重なるものを感じ、人ごととは思えない大きなシンパシーを覚えたのだった。大岡昇平原作の『野火』は、太平洋戦争末期のフィリピン・レイテ島で、連合軍に大敗し、食糧供給が閉ざされたなかでジャングルを敗走する日本兵を描いている。主人公の兵士は闘いの中で肺病を病み、本当なら野戦病院に入院しなければならないのだが、手持ちの食糧が尽きて、そのため食糧持参が条件の病院からも追い出される。所属する連隊に戻ってきた主人公は、連隊長から「貴様のような役立たずが連隊に戻ってくるな。もう一度野戦病院に行って、どうしても入院できないならその場で自爆しろ」とどやされ手榴弾を渡される。普通の人は、その言い方に無残さとか残酷さを感じるかも知れないが、私は逆に、連隊長の言い方に、兵士への愛情といえるものを感じた。

弾薬や食糧の供給も尽きた戦場で、もし肺を病んでしまえば彼が日本に戻れる可能性は万に一つもない。しかし「最後はそれで自爆しろ」と手榴弾を渡されたことで、彼は最後の最後まで、飢える辛さや肺病の苦しさに耐えなくてもよくなった。もしその苦しみに耐えられなくなれば、彼はいつでも「死」を選べる。そしてその苦しみは終わる。連隊長から手榴弾を渡された主人公は、残された最後の食べ物であるイモより、手榴弾のほうをずっと大事そうに背嚢《はいのう》にしまうのだが、自らの最後の苦しみを救ってくれるはずの手榴弾を、食糧よりもずっと大事にする心理が、私にはとてもよく理解できた。

この病気の患者には、どれだけ痛くても、まだ自分で死ぬだけの力は残されている。最後の力を振り絞ればガス栓くらいはひねれる。周囲の人たちに迷惑をかけたくないと思えば、刃物で手首を切ることもできる。鴨居に紐を吊るして、それに首を入れて、踏み台を蹴るくらいの力は残されている。もし手足がないとか、身体が動かずにそういう力も出せない場合、自死もできない。最後の最後の希望まで取り上げられてしまう。

私はそのころ、「死ぬ」という希望を心のポケットの中に入れて、まるで『野火』の主人公が連隊長から手渡された手榴弾を握るように握りしめて、「痛みに耐えられない」と感じるたびに、最後の最後はこれがある、だからがんばるんだ、がんばるんだ、と自分に言い聞かせた。

そして福岡へ

その年が暮れて翌年の春ごろ、母が私のそういう状態を見て、「このまま朽ち果てて死ぬよりは」と、かつて自分が横浜のシンポジウムで見た、福岡在住のＹ医師の治療法を思い出し、あれを試してみようと言い出した。

しかし私は福岡での治療にまったく望みは持っていなかった。やるだけのことをやって駄目なら、あきらめもつく。試せることを一つでもやらずにあきらめるより、やれることをすべて試してみれば、よりさっぱりと、あきらめもつくだろう。
そして私は第四、五章のように奇跡的な回復を遂げた。

第8章

10年後「誰かのために自分を犠牲にし続ける癖」

走れるようになった！

この原稿を書いていた二〇〇六年ころ、私はようやく歩けるようになったばかりだったが、その後も少しずつ努力を重ね、そしてついに八年目に、私は走れるようになった。走っている映像をユーチューブでも公開している。最悪期のころとぜひ比べて見てほしい。

ユーチューブアドレス　https://youtu.be/lOTrarUQ_5Q

この映像は「線維筋痛症から回復した患者のＨＰ」　http://fmsjoho.in.coocan.jp/のトップページにもリンクがあり、そちらでも見ることができる。

子どもの頃の経験と疾病の関係

小さかったころの悲しかったことや苦しかった経験、それを誰一人にも理解されなかったこと、私は手記を書きながらいろいろなことを考えた。

世の中を見わたしてみて、子どものころの悲惨な経験がその後の人生にどう関係するか、あるいは、後年発症するさまざまな疾病に、どのように関係しているか、そこに焦点を当てた研究は、決して多くないが、そこに焦点を当て、かつ虐待被害者にも参考になりそうな本がある。

『身体が「ノー」と言うとき　抑圧された感情の代価』（ガボール・マテ著　日本教文社　二〇〇五年九月　伊藤はるみ訳）

ガボール・マテ

カナダ人医師。緩和ケア専門医でサイコセラピストでもある。注意欠陥多動性障害をテーマにしたベストセラー『ばらばらの心』の著者。ほかにゴードン・ノイフェルトとの共著による『子どもを離さないで：どうして親が重要なのか』がある。バンクーバーのダウンタウン・イーストサイドにある路上生活者施設の医療スタッフも務める。また、『バンクーバー・サン』紙と『ザ・グローブ・アンド・メイル』紙に長年コラムを書いている。

ガボール・マテが書いたこの本は、自分に符合する要素がたくさんあるという意味で、心の痛みを感じずに読むことができない本だった。彼は「きわめて深刻な病気になった人と、彼らのそれまでの人生は決して無関係ではない」という。

私のように、成人してから発症した病気と子ども時代の経験が、切っても切り離せない関係にあると感じる者にとっては、この本は大きな意味を持つ。具体的に子どものころの虐待がどのような影響を持つかについて、マテはいくつかの研究を引用している。

「腸疾患、とくに過敏性腸症候群などの患者には、虐待を体験した人の率が多い。ノースキャロライナ大学消化器疾患クリニックの一九九〇年の調査では、女性患者の四四%が何らかの性的、肉体的虐待を経験していた。被虐待経験を持つ患者は、下腹部痛が起こるリスクが四倍、腹部症状以外（頭痛、腰痛、疲労感）が起こるリスクが二、三倍、さらに大手術を受けるリスクも高いことがわかった」「もっと最近になって行なわれた調査では、調査をされた女性患者の三分の二までが性的・肉体的虐待の一方、または両方を経験していた。虐待を経験していた患者はそうでない患者より、子宮摘出、開腹手術などさまざまな手術を多く受けていた」

このような調査だけでなく、子どものころ誰にも愛されないために身につけた、「誰かのために自分を犠牲にし続ける癖」が、その後どんな運命をもたらすか、とても興味深く、また痛みを感じずには読めない患者の例が数多く載せられている。

それと比較するために、私がこの病気に追い込まれていった最後の時代の経験を、次に紹介したい。

私の場合の「誰かのために自分を犠牲にし続ける癖」

私自身、子どもの頃に、ただ、ありのままで親に愛されたという経験をしていない。常に何かしら親の役に立つことを強制され、役に立たねば冷たくされるという認識や、その認識を形成するに至った辛く苦しい経験があって、おそらくはそのせいで、長いあいだ、私は「役に立ちたい」と、異常に頑張る人だったと思う。これまで書いた内容と重なる部分はあるが、ついに力尽きて病気に倒れるまで、なぜ私はそんなにがんばっていたのかを考えながら、辿ってみたい。

二十代の終わりごろから長く携わっていた仕事は、国から補助金をもらいながら東南アジアのタイ国へ、経済技術協力をするというものだった。タイ国内に技術普及をするためのカウンターパート協会があって、そこの各委員会を率いる大学教授たちが日本からどんな技術を移転するかを決定し、日本側の協会は、彼らのリクエストに応じて日本から新しい技術の移転をする仕事をしていた。人手が足りないとかさまざまな事情があったのだと思うが、そこに入職したはじめから、そういった技術系の仕事は、全面的に私の肩の上にかかってきた。私自身はもともと文系の人間だが、協会内の事情もあって、好き嫌いもなく肩にのしかかったそれらの仕事をやって行かざるを得ない状況だった。もともと「人の役に立ちたい」という気持ちが異常に強かった私は、自分が携わっている事業では一円の無駄もなくタイの技術普及のために役立てるのだという、いわば骨身を削る気持ちがあった。いつも何か「人の役に立ちたい」と願う私は、発展途上国の人々のために、重圧に決してめげることなく、自分がやれることは何でもやるという方針で寝食を忘れて働いていた。

タイ側の協会は、工業計測、省エネルギー、コンピューター生産管理技術、工場管理技術、クオリティ・コントロール（QC）活動、産業安全といった技術別の委員会があり、それぞれが必要な技術をリクエストしてくる。日本の技術レベルとタイで必要なレベルは相当違うので、タイ側が何を求めているのか、その内容を理解しなければ日本側企業との打ち合わせもできない。また、タイ側がいったい何の技術を求めてくるのか予想がつかないことも多く、私はどんな技術をリクエストされても必ずそれにたどり着けるように、日本の産業や工業についてのさまざまな資料を揃え、必要な本を読み漁った。聞いたことがない技術をリクエストされても、その技術が何に関するもので、日本のどこにあり、その技術を持つ専門家がどこにいるのか分かるようにした。そうしなければ不安で仕事をやっていけなかった。

自分の限度をわきまえない癖

当時の私はそれと平行して、仕事と関係のある分野の学習会も主催していた。ＯＤＡ（政府開発援助）とか、途上国の開発問題、日本国内の食糧、エネルギー、産業問題などがテーマで、自分自身の勉強のためということもあったが、事実上の「言い出しっぺ」だった私は、その学習会にも責任を負う形になった。それで、学習会の手配とか、テーマの設定とか、各回の講師役を決めたり、学習会でやったことをニュースレターにして、興味ある人に送付することまでやっていた。月に二回の学習会をやっていた時期がかなり長く、私は仕事と掛け持ちしながらそれをこなしていた。

そして、その時期に重なって、かなりの山に登っていた。登っていたのは主に日本アルプスで、一〇キロ程度の荷物を背負い槍ヶ岳や穂高連峰に登るためには、普段からある程度のトレーニングをしていないと苦しい。そのため、週に一、二回は、朝七時前にトレーニングジムに寄り、一時間ほど筋トレやエアロビクスをやってから仕事に行くということをやっていた。絵画を見るのも好きで、時間を見計らってはさまざまな絵画展に足を運んだ。最低でも年に七、八回は上野や竹橋にある大きな美術館に足を運んでいたし、その他にちょっとでも時間があれば推理小説などの本を読み漁っていた。この時期に読んだ本はかなり多い。おそらく月に三、四冊くらいのペースで読んでいたのではないかと思う。当時の私はどんなに忙しいときも、まるで何かに追いまくられているような焦燥感があった。たとえ三〇分でも時間が空くと不安にかられ、何かしらの予定を入れないではいられなかった。仕事上のストレスを忘れたいという動機もあったが、これだけ朝から晩まで何かしていないと気が済まないというのは、自分自身、何かの病気にかかっているのではないかとひそかに考えていた。バセドー氏病のような、一日じゅう何かしていないと不安に駆り立てられるといった症状を持つ病気ではないかという不安を持っていた。

打ち合わせのためにとある工場に行った帰り道、敷地内でバレーボールをやっている人達の姿を見て、しみじみと、「ああ」と思った記憶がある。楽しそうで屈託ない彼らに比べて、当時の自分自身が肩に感じていた、仕事上での責任の重さが、まるで地面にめり込むように感じられた。自分の仕事を代わりにやってくれる人はなく、風邪を引いて熱が三八度ある時も、他に打ち合わせに行ってくれる人はいなかった。打ち合わせが出来なければ、タイで行うセミナーにすぐに支障を来たす。私は寒い冬のみぞれ混じりの雨と風が吹きすさぶ中、スーツ姿で打ち合わせに行って、それを終えたあと、冷たい雨と水たまりの中をずっと歩いたおかげでぐしょ濡れの、ストッキングとハイヒールを履いた自分の足を眺めながら、熱の上がった頭で、つくづく「命を削ってるなあ」という実感を持ったのを覚えている。

このような、いわば、命を削るのも平気で「仕事に邁進してしまう」というのは、いわば自分自身の癖だったように思う。その後、私は「燃え尽き症候群」のような感じになり、この仕事に就けた上司が転勤になったのを機に、この協会を辞めた。その時の上司は私の性格を見て、この仕事をやらせておけば、必ず自分のことは度外視して一生懸命にやるだろうということを見越して、この仕事に就けたのではないだろうかと思う。そして私は、「こんな私で何か役に立つなら」と、自分を犠牲にして頑張るタイプの人だった。

自分でも理解できないプライド

その後、しばらくしてから、私はある無線機メーカーの営業の仕事をすることになったが、ここでも異常に頑張る癖は抜けなかった。私は自分で意識することなく、自分自身に架すハードルの高いタイプなのだと思うが、この仕事でも、自分が自分に要求する、ある種のハードルがあり、それを下回ることはプライドが許さない。本当はその会社には内勤で採用されたのだが、ここでも私は社長に見込まれてしまって、外回りの営業をすることになった。女性の営業は初めてで、仕事先でも女性の営業の人に会うことは一度もなかったが、しかし私は外回りの営業になって最初の半年で、売上高で、営業部ができてからの新記録を作った。社会人になってから初めて就職した先が某百貨店の商事部だったから、そこで私は営業という仕事の基礎を見て、営業は何をやるべきなのか、また、何をやれば成績が上がるかについてよく理解していた。そして、自分が分かっていることを真面目にやれば、成績が上がることは知っていたし、また、やらなければ成績が上がらないことも分かっていた。私はとても小心で、自分が何をやるべきかが分かっているときに、それをさぼることが絶対にできないタイプで、まじめに朝から晩まで一生懸命に仕事をこなしたら、成績がついてきたということだった。

それにしても自分が自分に要求するレベルはいつも通りに、おそらく人から見たら非常に高かったと思う。顧客先をまわり、商談がいろいろある中で、その一〇〇%が売り上げに結びつくことはあり得ない。ライバル会社もいれば、相手の予算が合わない場合もある。しかし私は、商談が一〇〇あれば、そのすべてのものに勝利できなければプライドが許さなかった。私の場合、それがどういうプライドなのかと聞かれても困ってしまう。

私には出世欲がなく、人を押しのけてというのも、あまり好きではない。ただ周りの人が喜んでくれればいい。周りの人の役に立って、私が頑張ったら、周りの人にも何かいいことがあって、喜んでくれればそれでいいという感じだった。同じ会社の「誰」とか「彼」が、喜んでくれればいい。この感じ方も、おそらく私の育てられ方と関係があると思う。私の場合、顧客を回ってそれを商談に結び付けられる確立は、一五%から二〇%くらいで、これは決して低い数字ではなく、また、私の商談の成功率は、七〇から八〇%くらいだった。これは喜んでいい確率で、相当の高率といえると思うが、私は失敗した二〇から三〇%にもの凄いショックを受けた。成功させるつもりで行った商談で失敗すると、帰り道、私は立ち上がれないようなショックを受けて、運転していった車の中で、一時間くらいへたり込んで身動きがとれなかったことがある。また、私は売上高とともに、売買の利幅にプライドを賭けていて、三〇％の利幅を取ることにこだわりがあった。私は売上高も多かったが、利幅、つまり差益率もたぶん、営業職の中でトップだったと思う。私のいた会社の中で営業職は、製品の値段交渉については全面的な裁量権を持っていて、交渉のなかでどのくらいの利幅が取れるかは、各営業の腕にかかっていた。私はこの交渉で、絶対に三〇％の線を譲らなかった。この利益率も、相当高い。他の営業職は、差益率二〇％を切ることもままあった。私は一円でも高い利益を出すことにこだわった。

自分の利益にもならないことに、なぜこんなにこだわるのかは、自分でもよく分からない。社長は私のことを、「責任感が人の三倍ある」と言っていた。確かにそういう印象だったのだろうが、それについていえば、私は極度の小心者で、だから何事に対しても極度の責任を感じてしまうタイプなのだと思う。

そのようななか、私は一度だけ、自分の客に罠に嵌められて、利益幅が二〇％を割ったことがある。相手先は私が開拓した顧客で、それが初めての取引だった。その会社は、文書ではなく口頭で製品を注文してきて、それを納入する前日になって、突然、全商品をキャンセルしてきた。二〇〇万円くらいの取引だったが、全体的に見ればそれほど大きな金額ではなく、そのくらいなら、注文書抜きで発注を受けることは、普通にあった。しかしそういう場合、客が注文したという証拠は残っていないから、もしキャンセルされてしまえば、それをあれこれいうための手がかりはない。また、納品する前日にキャンセルされた場合、すでに会社はその製品を仕入れているので、全てが会社の在庫になる。会社の規模が小さかったので、そのくらいの金額でも、在庫を抱えては経営的には苦しくなる。

とつぜん相手先から呼び出されて、全商品をキャンセルされた私は、血の気が引く思いだったが、そういうことは、取引する相手会社の規模が、自社とは比較にならないくらい大きい場合は、よくあることだった。要するに相手は、こちらの会社が潰れてもいいというつもりでやっている。相手はこちらが商品を仕入れた頃を見計らい、意図的に「キャンセルする」と言い、最初の商談で折り合った価格より大幅に叩くつもりなのだ。会社の規模が違う場合、こういうやり方は普通にある。初めて社会人になったのが大きな企業で、その会社の営業が、こういうやり方で規模の小さい取引先に、常識はずれの値引きをさせるのを頻繁に見てきていた。あまりに大きな値引きをさせたお陰で、相手先の会社が潰れて、社長が首をくくったといったような話は、何度も聞いた。営業どおしの交渉現場は、食うか食われるかの闘いなのだ。私自身もともとは優しい性格だが、こういう時になると、非常に負けず嫌いで、負けじ魂を発揮する。

私はその時、全製品をキャンセルされてもいいと覚悟を決めた。こういう時に相手の言うなりになって、採算ラインを割るまで値段を叩かれることを繰り返していれば、その会社は生き永らえることはできない。その時期はバブルが弾けた頃で、同業界にいる無線機会社が何十社と潰れていった時期だった。

もし、私が採算を割る価格を相手に飲まされたとして、それで私がクビになったとしても、（当時の社長の私への信頼は非常に厚かったので、そのくらいのことでクビにならないことは分かっていたが）相手が何の痛痒も感じないのは明らかだった。

その時、相手は、最初の交渉で決めた価格の半分にしろと言ってきた。これは、採算ラインを大きく割る。私はその言い値を蹴ることにした。相手の言い値を蹴ったことで、もし実際にキャンセルされれば、私は二〇〇万の在庫を抱え、短期間でそれを全部売らないと会社に迷惑をかけることになる。この時に重要なのは、営業職が、自分の腕を信頼できるかどうかだ。私は自分の営業の腕を信じた。もしキャンセルになったとしても、二〇〇万円の在庫は必ず売る。そう決心した。それに、仕入れ値を下回る価格で売る営業なら、いない方がましだ。取引で利益を出せないのなら、何のための営業職か分からない。

在庫が売れなくてクビになったとしても、会社に迷惑をかける営業でいるより、ずっとましだった。私は「その値では売れません」そう相手に言った。

案の定、相手は、「それならいくらならいいのか」と言ってきた。やはり「キャンセル」というのはブラフ（脅し）だったのだ。相手も、製品が入らないと業務上、困る。他の会社と天秤に掛けているようすもなかったので、私は一度、この件は預からせてくれと言った。会社に戻って上司に話してみないと、どのくらいまで値段を下げられるか分からない、もう一度、上司と相談してから最終的な値段を出すと言って、その場は引き取って帰った。

それはこちらの演技であって、私には値段を決める最終的な権限があったから、その場で値段を出すことはできるが、それをやると、「それならもっと下げられるだろう」とつけ込まれ、叩きに叩かれることとは分かっていた。演技でも何でも、こちらが必死になって、ぎりぎりまで値を下げたという印象を与える必要があった。私は会社で値段を相談したふりをして、次に会った時に、「ぎりぎりこの線です」とあらかじめ考えていた値段を示した。

「これ以上下げたら私はクビになる。これで折り合えなかったら、キャンセルされても結構です」と言った。すると相手はそれで納得したらしく、その値段で交渉は成立した。

おそらく相手は、突然の「キャンセルする」に怖気づいて、私が採算ラインギリギリか、それを割った値段を出してきたと思ったはずだ。しかし私は最終的に、一八％くらいの利幅を確保した。だが必ず三〇％の利幅を出すという私のプライドは傷つけられて、この時のやり取りは非常に口惜しく、ずっと生々しく覚えていることになった。自分が手がけた取引で、二〇％を割る利益率だったのは、この時ただ一回だけだったと思う。

このように罠に嵌められた時、多くの営業職が、「キャンセルする」の圧力に負けて、事実上「大赤字」である相手の言い値を飲んでもおかしくない。一八％の利幅を出したのは上出来だったと思う。だが、私は自分の基準で見て一八％は許せない数字で、非常に傷つけられた。

しかし、なぜこんなに頑張るのか。客観的に見ると、私は檻の中で飼われ、回転する遊具に乗って永遠に走り続けているネズミみたいだった。

理解者がいない

仕事で頑張るタイプなのと、もう一つ自分で特徴的かもしれないと思うのは、人間関係が思うようにならないことだった。こんなふうに頑張るタイプは、組織の中では野心があると思われ、警戒されたり、逆に一目置かれたり、自分とは違うと思われて、距離を置かれたりすることが多いと思う。ところが私は全然そういうタイプではなく、他の人に喜んでもらえたら満足なのだ。先の経済協力を行う協会に入った時も、私は下働きというか、雑用関係の仕事をやるつもりでいた。それで満足だった。それでも発展途上国の人の役に立てる。この「人の役に立つ」というのが私には重要で、役に立てれば、内容はわりに何でも構わない。

しかし入職してすぐに、事務局長だった上司が「経済」「技術」と二つの仕事があるうち、技術関係の仕事を全て私に任せることを決めた。事務局長と課長は「経済」担当で、当時の通産省との折衝など予算関係の仕事をやる。私はさまざまな会社を歩き、技術の勉強をして技術者と交渉し、それをタイに伝える。当時の上司は、これに関する仕事は全部、私に回ってくるようにした。彼が他の人にその仕事を絶対にやらせないので、仕方がない。

しかし、あとになってよく考えてみると、この仕事は、私がいた協会のなかでは、いわば「花形」の仕事なのだった。しかし私はそういうことをまったく理解できていなかった。

私自身は、入ったときの最初の意識、「下働きをやって発展途上国の役に立つ」のままだった。そして、私が「花形」の仕事をしているということ、そして上司が私にしかその仕事をやらせないということは、やがてはそれが、疑問ややっかみを引き起こすということなのだった。このことが理解できたのは、相当あとになってから、私がその協会を辞めたあとのことだった。

私は「下働き」のつもりで夢中になって働いた。そして、一生懸命にやれば、褒められたり感謝されたり、他の人が私を好きになってくれるというか、こころ楽しい関係を築けると思っていた。しかし、どうしてもそうはならない。私は一生懸命にやればやるほど人間関係で孤立していく一方だったと思う。この、求めるものと得られるものとのギャップ、それによって傷つく自分の心、これはどの仕事場に行っても、繰り返して経験したことだった。

無線機メーカーに就職したときも、最初は営業部の社内勤務だったのに、社長がいわば私の「営業」の腕を見込んで、外回りに配置換えすることにした。会社全体から見ると、外回りの営業は、やはり「花形」で、すべての部門が「営業」に仕えるというか、営業の言うことを聞くという位置関係だったと思う。そして、当時の私は運転免許を持っていなかった。

会社が扱っていた主な製品は無線機で、なかには大型のものもあり、顧客に商品を見せに行くためには、どうしても車が必要だった。だから、私が外回りの営業をするためには、どうしても私自身が免許を取る必要があった。

私は、運転免許を取得する費用は自分では出せないと社長に言った。私を外の営業にしたいというのは社長の言い出したことで、私の希望ではなかった。私自身は、できればその仕事はやりたくなかった。私が免許取得の費用を出せないことで、会社が私の配置換えを諦めるなら、それで結構と思っていた。しかし社長は、私の運転免許取得費用を会社で出すことに決めた。この時も、私はまったく意識していなかったが、これは会社の中では例外中の例外の措置だった。他の人は誰一人、そんな扱いを受けていなかった。明らかな「特別待遇」で、いわば、社長の露骨な私への「贔屓」だった。これもやはり、他の社員の中に、「おかしい」という感情を引き出したと思う。

それにしても私が自動車教習所に通っていたのは、すでに電車を使って外回りの営業を始め、月に一〇〇〇万円を超える売り上げを出し始めていたころで、ものすごく忙しかった。その合間に教習所に通うのは拷問のようなものだった。

その会社の中で、営業の人は、何もかも一人でやらなければならなかった。顧客とのやり取り、商品部への製品の発注、顧客から受けてくる発注内容はオーダーメード仕様のものが多く、それが技術的に可能かどうか、技術部に行って確認しなければならないし、一度納入した製品のメンテナンスも、まずは営業に依頼が来た。営業がやらなければならないことは山のようにあった。朝、出勤したら、まず顧客を含めて一〇本から一五本くらいの電話を掛け、その次に商品部に行って、納入する製品に関わる二〇品目から三〇品目くらいの部品の打ち合わせをする。その一つでも間違っていたら製品が完全なものにならずに即クレームになるので、こまかいスペックも含めて一つも間違えることができない。納入する製品の打ち合わせが終わると、営業に行かなくてはならない。その日にデモで見せる無線機を用意する。無線機を使う場所の設計図を用意する。製品のパンフレットを用意する。一日に三、四箇所くらいは行くので、それぞれの相手先によって違う資料を用意する。車で営業に行って、帰ってくると、注文を受けた品物について伝票を書き、商品部に行き発注をかけなくてはならない。また、留守中にかかってきた電話のメモが机に置いてあるので、七、八本の電話をかける。その後に、客から相談を受けた内容について、技術部に行って実現可能かどうかを確認する。実現可能なら、客にそれを説明するための資料をパソコンで作る。客の要望によって一件ずつ全て違うので手間がかかる。それらを全部終えると、だいたい夜の八時過ぎになっている。一日のうちのどこにも教習所に通う余裕はない。

それでも私は時間をひねり出すような思いで教習所に通った。しかし、私はもともと運転のようなことが得意ではない。子ども時代は本ばかり読んでいて、小学校高学年になっても逆上がりが出来なかった運動音痴である。教習所の実習も落ちることが多く、なかなか順調に進めない。それでなくても私には、教習所に通うような心の余裕も時間の余裕もなく、相当の無理をして通っていたので、実技に落ちるたびに涙が出そうな思いだった。私は他の人よりかなり遅れて仮免に進み、そして本番の試験日を迎えた。試験の日、私は車線変更、縦列駐車、踏切と順調にこなすことができたが、運転の途中で二羽の鳩が行く手の道路の真ん中に止まっているのに気が付いた。車に気がついて飛び上がると思ったら、飛んで行かない。私は鳩が止まっている手前で急ブレーキを踏み、「これで落ちた」と覚悟した。しかしそのとき、天は私に味方したようだった。減点は、この急ブレーキの三〇点のみだった。私はぎりぎり合格の七〇点、合格発表の時、若い人も含め誰も泣いている人などいないなか、私は涙を止めることができなかった。

それにしても、なぜ私は、「外回りの営業をさせる」と社長が言ってきたときに、「嫌だ」という意思表示ができなかったのだろうか。もし私が断ったとしても、それで会社をクビになることはなかったと思う。もちろん、社長の「辞令」を断ることで、多少なりとも辛い思いをしたかも知れないが、そのあとの免許取得のためのストレスも含めて、あれだけの大変な思いをするよりはよかったのではないか。

まず私は、「免許取得費用を会社が出す」という「特別扱い」によって、それまで仲のよかった社員の八割くらいの人たちから冷たい扱いを受けるようになった。社長の贔屓は露骨で、私に対して反発を見せる人にまで圧力をかけるので、仲のよかった人たちからは、さらによそよそしい態度に晒された。私は傷ついていたが、しかし自分の力ではそれをどうすることもできない。その後は、私が運転免許の取得にどれだけの苦労をしても、その苦労を分かってくれる人は誰もおらず、営業の仕事を通じての苦労も、分かち合える人がほとんどいなくなってしまった。

さらに、なまじ車の免許を取ったことで、私の苦労はもっと大きくなった。会社の顧客は関東一円に散らばっていて、東は千葉の房総半島の先端から、北は宇都宮市、西は静岡まで、営業職は車を走らせ、その日のうちに長い道のりを走って帰社しなければならない。

私は免許を取った翌日から、そういう遠方に行かなくてはならないという苛酷なことになった。一度、宇都宮の顧客のところまで車で行き、その帰り道を折からの大型台風に見舞われ、まだ高速道路の運転もおぼつかない私は、トタン屋根がはがれるような暴風雨が吹きまくるなか、東北道を一人で帰ってこなければならなくなったことがある。社長はそれを知っていて、全社員が聞いている無線放送でずっと私の車に連絡を取り続け、私が無事に会社に戻ってくるまで私のことを心配していた。もちろん、他の社員にはそんなことはしない。

私自身は社長に取り入ろうというつもりはこれっぽちも無かったし、どちらかというと、社長の「特別扱い」は迷惑だった。私はそれよりも、自分の周りにいる人から感謝されたかった。周りの人たちに、「小田さん（私）が頑張ったから、今度のボーナスが少し上がって、子どもに○○を買ってやれた。本当にありがとう」とでも言われれば、どんな苦労でも報いられる気がした。そういう言葉を周りの人からかけて欲しいがために、私は頑張っていた。しかし残念ながら、事態はそうはならない。

また、運転免許を取りたてで、道路が複雑に入り組んでいる都内を走るのは相当に辛かったし、行く場所については、住所しか分からないことが多かった。当時の車はナビゲーターがなかったので、助手席に地図を置き、信号が赤になるたびに地図で場所を確認しながら運転していた。免許を取りたてで、「江東区江東二―一〇―九」とかいう住所と道路地図だけを頼りに、ここかな、あそこかな、とよそ見をしながら運転するのは、相当に怖い。しかも、車には、会社からいつでも連絡が出来るように無線機が積んであり、その上にポケベルを身に付けさせられ、おまけに携帯電話を携行している。商品部から無線が入ってくると、運転しながら受信器を取って返事をしなければならない。携帯電話がかかってきたら、運転しながら打ち合わせする（当時は携帯電話が世の中に普及し始めた頃で、携帯をかけながら運転することは法律で禁止されていなかった）。運転免許を手にした翌日から、交通量が多く、道路事情が複雑な都内を含めこの状態で運転していたわけだから、事故を起こす前に仕事を辞められたのは、幸運なくらいだったと思う。

私が営業の仕事をこれだけ頑張ったのは、社長のためではなかった。私はなによりも、会社のほかの人たちに喜んで欲しかった。私が半年で七〇〇〇万円を越える売り上げを出して、利幅も二〇〇〇万を軽く超えたとき、私は社長に、ボーナス額でほかの人に報いて欲しかった。それなのに、バブルがはじけて会社の経営が苦しいということで、次の時のボーナスは、私を含め一律五万円に抑えられた。私は自分の努力が空しかったことがよく分かって、直後に会社を辞めた。その後も「誰かのために自分を犠牲にする癖」は続き、この会社を辞めた六年後、私は線維筋痛症を発症した。

私は「自分を守れない」

やはり私はずっと、上から有無を言わせず命令を下す立場の人に、非常に弱かった。上の立場からそういう態度で来られると、蛇に睨まれたカエルのようになってしまい、逆らえない人だった。

そこで揉めるよりも、自分が無理をすればいいのならと考え、自分の方に負荷をかけることの連続だった。私は長い間、自分が決して壊れない機械のように思っていたので、「上の立場の人と揉めるよりも」と、自分に負荷をかけることを選んでいた。

なぜだか知らないが、先の協会の事務局長も、私を「技術協力」の仕事と「心中」させるつもりでいて、しきりに私に「家を買いなさい」と勧めた。家を買えばローンで縛られ、仕事を辞められなくなる。そういう意味だったように思う。無線機メーカーでも、社長はずっと前から女性の営業を作り、「その女性の営業が赤い車に乗って営業に行くのを見るのが夢」だったと公言していて、その夢を私に託していたところがあった。
このような、相手ペースにひきずられた人間関係に陥ってしまいがちなのは、やはり私自身の、基本的な自我が弱いからだろう。自分を守り、自分に無理をさせないようにする、そのためには人に引きずられないだけの自我、エゴが必要だ。誰にも取り入ろうとする心はない代わりに、私は、自分より立場が上の人の心証を壊すのが、ものすごく怖い人だった。私のことを気に入っている無線機メーカーの社長のことも怖くて仕方がなく、同じ部屋に社長がいると、私は忍び足で壁を伝い歩きするような感じで社長に接していた。これはやはり、小さい頃から親に、暴力的に自我を粉砕されてきた育てられ方の影響があると思う。

そして人間関係のストレスに晒されると、私は必ず体重を大幅に減らしてしまう結果になる。先の協会の時も、私は常時ストレスに晒されていて、その原因を自分で解決することができずに、体重が激減してしまった。入職した時は四八キロだったのが、四二キロまで落ち込んだ。私の身長は一五五センチだが、四二キロはやはり少な過ぎだと思う。無線機メーカーに入った時は四九キロくらいあったのに、やはりいろいろあって最後は四四キロに落ち込んだ。経済協力協会にいたころ、私はよく日本アルプスに登っていて、今でも覚えているが、三〇代前半で体重四三キロのころ、突然思い立って自分の筋力を試すために、一七七センチ体重六八キロのパートナーを背中に背負い、自宅に帰る途中の上り坂を、一〇〇メートルくらい、えっちらおっちら歩いたことがある。背中に背負った彼の方が二五キロも多かったが、あんがい簡単に歩けてしまってびっくりした。身体のどこかが痛くなることもなかった。当時はまさか、それから一〇年後の自分が、これほど悲惨な病気を発症することは夢にも思っていなかった。

もう一つ、私には、理不尽な事態に晒されたときに発揮する「気の強さ」のようなものがあって、先の「突然キャンセルを食らった取引」のように、理不尽な場面に出会ったときには、自分でも不思議なほどの負けじ魂を発揮して、力の及ぶ限り、誰にも負けない。

私にとって、これ以上ないほど辛い作業であるこの原稿を書いているのも、おそらく自分自身のそういう気質が関係していると思う。

「病気についての原稿を書く」という作業は本当に辛く、このストレスのかかる作業をするに当たっては、家族にも医師にも反対された。しかし私自身は、このひどい疾患について、誰かが何かを書かなくてはならないと強く思った。一人の患者がどのようにしてこの疾患を発症し、それがどんな経過を辿って悪化し、また、どのような経過を辿って劇的によくなったのか、その具体的な経過を誰かが書かなくては、この病気についての認識が広まらない。しかし、これを書き始めたのは、長い間の「生きる屍」といっていい状態から、ようやく何とか、人間らしい生活ができるかどうか、そういう段階にさしかかった時期だった。

「これを書くストレスで、元の『生きる屍』に戻ったらどうするのか？」と聞かれても、私にはわからない。私の中に、自分だけに要求する、ある種の義務が存在している、そんな感じがある。自己保存の原則から見たら著しく不利と思えるこの義務、あるいはプライドのようなものも、もしかするとこの疾患を発症する人の特徴の一つなのかもしれない。

辛いことに対して身体が「ノー」と言う

冒頭で紹介したように、カナダ人医師でサイコセラピストのガボール・マテは、「きわめて深刻な病気になった人と、彼らのそれまでの人生は決して無関係ではない」という。

マテが接した、深刻な病気を体験した人たちは、子どものころに、まわりに自分が感じていた悲しみや痛みを吐き出せる相手がいなかった。「辛い感情を聞いてもらう相手が誰もおらず、その後も、誰にも『ノー』といえない習慣を身につけることによって、子どものころから吐き出されず、その後もどんどん積み重なっていく感情が、だんだんと身体に修復不能なダメージを積み上げていってしまう」。

この説明は、私のような経験をしていれば、間違いなく自分のことを指しているのだと感じずにはいられない。

マテによれば、深刻な病気になってしまった人たちは、それまでの人生に大きな共通点を抱えているという。「子どものころ家族の愛情に恵まれず、ありのままで愛された経験をしていない。子ども時代にためこんだ怒りや悲しみを吐き出す機会に恵まれず、そして、周りの人に相手をしてもらうため、何に対しても『ノー』とは言えない習慣を身につけてしまった」。そして、ついには身体が辛いことや辛い物事に対し、ノーと言い始める。

ここで私は、ある一つの病気を紹介したい。発症すると筋肉を動かす神経細胞が少しずつ死んでゆき、やがて歩くことや身動きもできなくなり、五割の患者が五年以内に死亡するＡＬＳ（筋萎縮性側索硬化症）である。ＡＬＳはとても怖い病気だが、私自身ずっと、線維筋痛症とＡＬＳは、発症する患者たちに共通の、あるいは似たような性向があると感じてきた。

マテは言う。「ＡＬＳ患者には長年しみついた二つの特徴がある。それは、他人の援助を求めたり受けたりできないこと、そしてネガティブな不快な感情を常に（自分のなかから）排除することだ」。「どの患者にも、他者らの援助に頼ることなく、こつこつと頑張る傾向があり、また恐怖や不安、悲しみなどを否定したり抑圧したり、自分から分離したりすることが習慣化している」。

「ＡＬＳ患者はなぜいい人ばかりなのか」。これはミュンヘンで開かれた国際シンポジウムでクリーヴランド・クリニックの神経学者が発表したタイトルである。これによれば、ＡＬＳ患者のほとんど全員が、「性格評価ランキング表の（最も感じがいい）というランクに集中している」。一九七〇年の研究論文でエール大学の二人の精神科医は言っている。「ＡＬＳ患者はみな、彼らと接するスタッフに賞賛と尊敬の念を抱かせる」。マテによれば、ＡＬＳを発症したほかの有名人たちを見ても、やはり同じ傾向――つまり、「感じのよさという形をとった感情の抑圧」がみられるという。

「ALS患者の人生からは一様に、子ども時代における感情の欠乏または喪失が浮かび上がってくる。彼らの性格的な特徴は、自分に厳しく、自分を駆り立て、助けを求める必要を認めようとせず、精神的にも肉体的にも（自分が）痛みを感じていることを認めないというものである。こうした行動や気持ちの処理のしかたは、発症するずっと前からあったものだ。ALS患者……にみられる感じのよさは、（ある特定の）イメージにあわせるためにみずから作り上げたものなのだ。性格が自然にできあがるほかの人と違い、彼らは一つの役割にからめ取られてしまっている。たとえその役割がいっそう彼らに苦痛を強いるものであっても。その役割は、本来は強固な自我があるべき場所にすっぽり嵌まり込んでいる。感情が欠如した子ども時代を送っていては、強固な自我意識は育たない」。

ALSで亡くなったカナダ人デニス・ケイは、患者の性格を次のように言っている。

「のらくらするとか、なまけるという言葉はALS患者について書いたものにはまず出てこない。……ALS患者に共通する特徴の一つは、過去に非常にエネルギッシュだったことなのだ。ほとんどの患者は、典型的ながんばり屋か仕事中毒だった」。

マテは次のように報告する。

「（自分が）インタビューした患者たちは、……子ども時代の条件づけのせいで、慢性的な厳しいストレスにさらされ、必要な『闘争か逃走』反応を起こす能力を損なわれていたのだ。もしストレスが与えられれば、誰でもストレスを与える相手と戦うか、あるいはそのストレスから逃れようとする。しかし、深刻な病気を体験した患者たちは、幼い時分の条件づけのせいで、いずれの能力も損なわれている。

根本的な問題は、人生上の大事件など外部からのストレスではなく、『闘争』あるいは『逃走』するという、ごく当たり前の反応をさまたげる無力感、環境によって否応なく身につけさせられた無力感なのである。その結果、（人生上の事件によって）生じた精神的ストレスは、抑圧され、したがって（そのストレスに）本人も気づかない。ついには、自分の欲求が満たされないことも、他者の欲求を満たさざるを得ないことも、もはやストレスとは感じられなくなる。それが普通の状態になる。そうなれば、その人にはもはや闘うすべがない」。

自分の人生を振り返ってみて、マテの言う「闘争あるいは逃走する能力が損なわれる」

という患者たちの問題が、子ども時代からいかに形成され、それがどのようにして次第に堅固なものになっていくか、その過程に慄然とするし、マテの言う無力感の「罠」に陥る危険について、多くの人が気付いていないことの怖さを考えずにはいられない。

今振り返ってみても、私の両親は、私が「辛い」と訴えることを、私の訴えによって止めることは一度もなかったし、その過程を通じて、私は「辛ければ止めていい」「辛ければ止めるものなのだ」という、誰にでもある誘惑や欲望が機能しなくなってしまったのを感じざるを得ない。

そしてマテによれば、線維筋痛症やＡＬＳのほかにも、治るのが難しいさまざまな病気の患者たちに、同じ「自分の感情を抑圧し、耐え難いことにもノーと言えない性向」が見られるという。治るのが難しい病気としては、例えば多発性硬化症、炎症性腸疾患（潰瘍性大腸炎やクローン病）、慢性疲労症候群、自己免疫疾患、偏頭痛、皮膚疾患、子宮内膜症、などである。しかも患者の多くは、単独ではなく、多ければ七種から九種類の病気を併発している。一例として、マテは糖尿病、病的肥満、過敏性大腸症候群、うつ、冠動脈疾患、高血圧、喘息、腸ガン、線維筋痛症にまでなった五十代の女性の例を挙げている。

果たして耐え難いことにもノーと言えない性向は、本人たちにどのような影響をもたらすのだろうか。大きな病気になり人生を失いかけた私が思うのは、抑圧した悲しみや辛さや痛み、怒りの感情が、その人の中にため込まれていき、しかも周囲に誰もそれを理解してくれる人がいなければ、その感情はついにその人自身を攻撃しはじめ、それがさまざまな病気を引き起こすきっかけになるかもしれないということだ。

それを避けるために、自分の自我、自分自身の境界線を侵されないことがいかに重要か、私たち自身がしっかりと肝に命ずるべきであることを、ガボール・マテはその著書で繰り返し教えてくれているように思う。

おわりに

私は奇跡的に回復してから、自分が回復した過程をＨＰをつくって公表し、たくさんの患者の相談に乗ってきた。そして八章で紹介してきたマテの指摘がじつに多くの患者に当てはまることを実感する。

しかし、自分を病気に追い込む危険のある心の性向を、もし一度でも自分で意識できれば、自分自身でそれを客観視することはできる。そして、少しずつ自分を苦しめない心のあり方を模索していくことはできるはずだ。私にとってのこの一〇年は、わずかずつではあっても、自分自身を痛め続けずには済まない心の癖から抜け出すための格闘を続けてきた歳月だった。

果たして患者たちは、子どものころ心に刻まれた経験を、自分なりに慰め癒しながら、自分自身を大きな病気から救い出すことはできるのだろうか。ガボール・マテはこの本の中で、そのような稀なケアを成し遂げた何人かの人を紹介している。

ＡＬＳと診断されながら、その後のケアでこの不治とされる難病から快癒した例がある。いったいその人はどのような手段で不治の病を克服したのだろうか。以下はクリスティアーヌ・ノーラップ博士の報告。

「研究者でもあり看護師でもある私の友人、ドナ・ジョンソンは、自分のからだのあらゆる面を尊重することで、なんとルー・ゲーリック病（いわゆるＡＬＳ）を克服した。発症してから数年後、彼女は身体のほかの部分だけでなく、呼吸筋まで衰えてきた。……彼女は死が近いことを悟った。しかし彼女はそのとき、せめて死ぬまでに一度くらいは自分を無条件に愛したいと考えたのだ。……彼女は毎日一五分鏡の前に座り、毎日自分のからだの一箇所を選んでそこを愛するということを続けた。まず両手から始めた。そこだけは、彼女が本当に無条件でほめてやることのできる部分だったからだ。そして毎日、違う部分に進んでいった。

彼女は平行して、自分がその過程で考えたことを、ある雑誌に記事として投稿した。そして子どものころから、人の役に立ち、人に受け容れられ、価値のある人間になるために、自分の望みは犠牲にしなければならないと信じてきたことに気づいた。命を脅かすほどの病気になってやっと、彼女は自己犠牲による奉仕の行き着く先は、死の袋小路ということを学んだのだ」。

ノーラップ博士によれば、毎日意識的に自分を見つめ、自分を愛することで、からだのそれぞれの部分が少しずつ「解凍」されてゆき、ドナ・ジョンソンは治癒したのだという。患者の一人として「意識的に自分を愛する」というメッセージを私は深く、深く心に刻みたいと思う。

マテは「意識的に自分を愛する」というメッセージのほかにもう一つ、重要なキーワードを挙げている。

それは「患者自身の攻撃性の開放」という言葉である。一つの例としてマテは現代のアインシュタインといわれる天文学者にしてALS患者、スティーブン・ホーキングを挙げる。

「一九六三年に発症したとき、ホーキングは医師から長くてもあと二年の命だと告げられた」

「しかし発症から約四〇年経った今も、……彼はベストセラーを出版し、講演の依頼はひっきりなしで、科学の分野でも多くの賞を受けている」「彼はどうして医師の予測と残酷な統計的事実を裏切ることができたのだろう?」（ホーキング博士は二〇一八年三月一四日に没　七六歳）

「他のALS患者と同じように、ホーキングの性格も強い精神的抑圧という特徴を持っている」

しかし彼には愛する人の精神的支援と介護があり、「そしてもう一つ、彼の寿命を延ばすのに一役買ったと思われることがある」。「病気によって彼の攻撃性が開放されたことだ」。

この攻撃性とは、マテによれば次のような意味になる。

「ほとんどのALS患者が示す『感じのよさ』は、その人が生来持っていた善良さや優しさ以上のものである。それは、強引な自己主張を（自分の死に直面しなければならないほど）強く抑制することで、普通のレベル以上に高まっている」。しかし「自分の境界線を守るための自己主張は、攻撃的ととられることもあるし、必要なら攻撃的であるべきだ（そうでなければ、患者は自分の境界線を守れないことになる）。病気による肉体的衰えが始まった後、自分の知性に対するホーキングの自信は、そうした（自分を守るための）攻撃性が現れる下地となった」。

つまり、マテは、妻の献身的な支援とともに、ＡＬＳ発病後にホーキングのそれまで抑圧されてきた攻撃性が外に向かって開放されたことが、余命二年という残酷な予測を裏切った要因なのだと指摘する。ホーキングはＡＬＳ発症後に、自分の知性の力を背景に、それまで発揮できなかった攻撃性を開放することで、彼自身の境界線を守れるようになった。そしてそれによって、医師の悲観的な予測を裏切ることができたという興味深い分析である。

この「攻撃性の開放」とともに、私は患者自身の「怒りの開放」をキーワードに挙げたい。私自身が抑圧されていた長い時期に、自分の悲しみや痛みを押さえ込んでいたのと同じく、「怒り」の感情を、それよりさらに深い場所に埋め込んでしまっていたのを感じるからだ。

「自分の境界線を守る」、これは境界線を侵され続けてきた者にとっては、とても、とても困難な大事業だ。自分自身が埋め込んでしまったこの怒りの感情を掘り起こすことは、境界線を守り、そしてずっと守り続けるための貴重な資源になると私は思う。

マテのこの本を読んで、私は自分の経験を多くの人に知ってもらうことには意味があると確信するようになった。虐待されたり家族から阻害されて辛い子ども時代を送った人たちは、その苦しい経験をまるで自分の欠点や弱点のように感じ、その後の人生で多くの人の目から隠そうとする。しかし辛い子ども時代を送り、その後不本意にも難しい病気を発症した人は、意外なほど多いはずだ。

子ども時代と自分の病気の関係に着目し、これを治るための課題と位置づけることは、じつは回復のための突破口になるのではないだろうか。これに気づくことで、問題解決の糸口がつかめる人は、きっと多いはずだ。

私が奇跡的な回復を感じたときに、まるで天から降ってきたように心に湧いた言葉がある。

「あなたは生まれたまま何もしなくても、愛されて当然の存在。だから自分自身を愛しなさい」。

これはようやく起き上がってパソコンで文章を打ち込めるようになったころに、暖かい泉のように心に湧いてきた言葉である。誰が私に言ったのかわからない。

虐待された私が悲惨きわまる病気になり、それまで築いてきたものをすべて失い、人生が、まるで焼け野原のようになったとき、この言葉はようやく、そんな私をまるで祝福するように、どこかから舞い降りてきた。

私はこの言葉を受け止め、「そうだ、私は自分自身を愛してもよいのだ」と思った。子どものころから痛めつけられ恥ずかしい経験をしたために、私はずっと自分の名前が嫌いだった。私の名前は恥ずかしい目に逢ってきた自分自身の代名詞だった。

でも奇跡的に回復してきて、長い文章を作り、それを自分で読めるようになって、私は私という人間を再発見したように思った。自分が書いた文章を客観的に読んで、生まれて初めて私は、それを書いた人に対する良い感情を抱くことができた。それまで当たり前だった、「恥ずかしい自分」ではなく、違う自分自身の発見だった。そして、「あなたは生まれたまま何もしなくても、愛されて当然の存在。だから自分自身を愛しなさい」という言葉がどこかから降ってきた。

＊　＊　＊

どんな辛い目に逢っても、もし子どものころに誰からも愛情を受け取れなかったとしても、これを読むあなたが「愛されて当然の存在」であることに、疑いの余地はない。誰の命も、命そのものが美しい。これは、一時は生きることが絶望的になり、二度と元の生活には戻れないと覚悟した私が抱いた、ごく自然な実感である。誰があなたを愛する、愛さないということとは関係ない。生きている命ほど美しいものはない。誰の命にも価値がある。愛されて当然の存在なのである。

「だから、あなたは、あなた自身を愛しなさい。あなたは生まれたままで、愛されて当然だからです」

ここまで読んでくださったあなたへ、あのとき誰かが私に言ってくれたこの言葉を、心を込めて贈りたいと思う。

二〇一八年一〇月一九日　　小田博子

補足

慢性疼痛症候群、あるいは線維筋痛症は、治るのが大変難しい病気であり、今も激痛に苦しむ人がたくさんいる。この本の中では治療の詳しい内容は割愛したが、下記のＨＰで、私が受けた治療の詳細と回復の過程、本には書けなかった海外の医学的定説などを紹介している。

線維筋痛症から回復した患者のＨＰ

http://fmsjoho.in.coocan.jp/

（このＨＰでは私が治療を受けたクリニックを紹介しているが、医師の引退に伴い、クリニックは二〇二〇年末で閉院の予定である）

右記のＨＰを開設してから、患者さんからの相談が増え始め、二〇一三年に患者さんに情報を提供するための患者自助団体をたち上げた（口絵参照）。以下はそちらのＨＰ

ＮＰＯ市民健康ラボラトリー

http://shiminkenkolabo.web.fc2.com/

現代病の新しいパラダイム（上）
―CS（中枢性感作）とCSS（中枢性過敏症候群）

水野　玲子（ダイオキシン・環境ホルモン対策国民会議）
小田　博子（NPO市民健康ラボラトリー）

はじめに

数十年前には目立たなかった原因不明の病気や、治療方針が確定していないさまざまな現代病が広がっている。その中には「難病」と認定される疾患も多いが、はっきり検査で異常が認められないにもかかわらず、多様な症状に悩まされる慢性疲労症候群（CFS）、線維筋痛症候群（FMS）、多種類化学物質過敏症（MCS）、過敏性腸症候群（IBS）などが数多くある。それら症候群の患者は、全身の痛みや不眠、疲労感、うつなどの共通した症状があり、しかも、生活環境中の化学物質や音や熱、電磁波などに極端な過敏性を示す。症状が多様であるため、精神的な理由によると誤解を受けることも多いが、それらを環境由来の「環境病」（ＥＩ）として捉える動き[注1・2]もある。

一方近年、それら症候群に共通する素因として（中枢性感作＝ＣＳ：Central Sensitization）という生理現象（神経生理学的兆候）が注目されている。そして、中枢性感作により引き起こされると見られる多様な症候群を「中枢性過敏症候群」（ＣＳＳ）として捉える動きが海外で広まっている。この新しい疾病概念の登場は、これまで原因不明とされていた様々な疾患の捉え方の根本的な発想転換であり、新しいパラダイムの出現といえる。本稿ではＣＳとＣＳＳについて、これまでに蓄積された知見をもとに考察する。

ＣＳとは

「中枢性感作（以下ＣＳと表記）という現象」は近年海外で注目されているが、わが国の医学界ではほとんど話題にされていない。「感作」とは、もともとアレルギー反応などで用いられる言葉で、生体が抗原に対して感じやすい状態になることで、〝感受性の亢進〟や〝過敏化〟を意味する。そしてＣＳは外から与えられた何らかの刺激に対して「末梢性感作に続いておこる中枢神経系の興奮性の亢進」と定義されている。[注3]
健康な人でもわずかな刺激を繰り返し皮膚に加えると、その部分が過敏になり、その後痛みが増幅される現象（wind up）が現れて末梢神経の過敏化がおこる。また、末梢神経から信号が繰り返し中枢に送られると、受ける刺激が増えて「長期増強」（ＬＴＰ）が起き、脳のシナプスの構造が変わる。ここで「長期増強」とはシナプスの伝導率が増大することで、それに対して生体は、神経伝達物質や受容体の増加、シナプスやニューロンの増加などの方法で対応する。

ＣＳとは、このように痛みなどの侵害刺激を信号として受け取った脊髄後角で興奮性が増し、信号が増幅され脳に伝達される現象である。注4 情報が過剰になり感覚処理が異常になると、機械的刺激、熱や化学的刺激などに対して身体が極端に敏感な状態になる。それによって不快感、疼痛、疲労、集中困難、睡眠障害などの全身症状が引き起こされるのである。

ＣＳが引き起こされる誘因となるのは、ウイルス感染や、精神的ストレス、トラウマ、事故、手術、怪我、化学物質のばく露など、体と心にとっての何らかの刺激が考えられる。ヒトの中枢は、神経系、免疫系、ホルモン系の三系が相互に影響を及ぼしあって生体を維持、コントロールしている。したがって、ウイルス感染などは、免疫系の一大事であるが、それによって脳中枢が過敏になった時には、ホルモン系、神経系のバランスが崩れ、全身に影響を及ぼし多様な症状が現れる。また、精神的ショックを伴う出来事などは、引き金は神経システムへの打撃であっても、免疫系などに影響する。

このようにＣＳは、一回の大きな刺激が身心に加えられた時に起こる一方で、繰り返し微量の化学物質や刺激にばく露する場合も、後述するＭＣＳのように引き起こされる。すなわちＣＳの視点に立てば、一見して相互に無関係に見えるさまざまなＣＳＳに共通する素因が見えてくる。引き金が化学物質、ストレス、その他の刺激であっても、脳中枢が過敏になり、さまざまな生体システムと共振し、生体維持システムに混乱が引き起こされるからである。

中枢過敏症候群（Central Sensitivity Syndromes以下ＣＳＳと表記）

ＣＳＳとは、こうした中枢性感作という生理現象を共通の素因として引き起こされた多様な症候群を包括する疾病概念としてYanusによって提示された。[注3・5] すでに海外では前述したＦＭＳやＣＦＳ、慢性疼痛、ＭＣＳ、ＩＢＳなどがＣＳＳとして見られており、さらに関連する疾患や症候群には筋緊張性頭痛、片頭痛、うつ病、心的外傷後ストレス症候群（ＰＴＳＤ）、むずむず症候群、顎関節症、電磁波過敏症（ＥＦＳ）なども挙げられている。

共通の症状として、痛み（関節痛や筋肉痛など）、慢性疲労、睡眠障害、頭痛や咽頭痛、さまざまな刺激に対する感受性の高まりと感覚異常、うつなどの精神疾患があげられている。また、ひとたび中枢が過敏化すると刺激への反応の「閾値」が低下するが、閾値を下げる要因にはホルモンや神経伝達物質の異常も関係していると推定される。

鍵となるポリモーダル受容器（侵害受容器）

ＣＳのメカニズムとその影響の解明はまだ十分とはいえないが、関連する脳の部位、神経伝達物質やホルモンの変化、とくに、環境の変化を感知するセンサーであるポリモーダル受容器の存在は見逃せない。

多くのＣＳＳ症候群において、光や音、機械的刺激など多様な刺激に対する過敏性や疼痛などが見られるが、その原因究明の鍵となるのが刺激を受け取る感覚受容器である。ヒトの感覚には目（視覚）、耳（聴覚）、鼻（嗅覚）などの五感を生じる「特殊感覚」、皮膚や筋肉、内臓など全身に分布する受容器によって生ずる触覚、痛覚、温度感覚、空間認知など位置感覚の「体性感覚」、そして満腹、尿意などの「内臓感覚」がある。

その中でも痛み、熱、機械的、化学的刺激など多様な刺激に反応する「体性感覚」にとって重要なのがポリモーダル受容器（侵害受容器）である。この受容器は未分化で原始的な受容器といわれるが、「侵害受容器」の名が示すように、有害な刺激から身を守るヒトの生存本能に関係している。皮膚や骨格筋、筋膜や靭帯など全身に分布しており、キャッチした刺激（信号）はここで電気信号に変換され、脊髄のシナプスで次のニューロンへと化学物質により伝達される。シナプスでは神経伝達物質のグルタミン酸が放出される。

この受容器で刺激を受け取るTRPチャネルは最近、中枢神経系にも広く存在し、シナプス伝達の可塑性（長期増幅や抑制）に関与することが明らかになっている。[注6] この受容器に弱い刺激を繰り返し与えると、刺激の閾値の低下、反応性の増大、受容野の拡大が確認されている。

線維筋痛症候群（FMS）とCS

FMSは、主な症状が広範囲疼痛、疲労、睡眠障害といわれているが、その他にも、むくみ、全身のしびれ、立ちくらみ、短期記憶の障害、うつなどの精神症状もあらわれる。それらに加え、患者の多くが風や音、温度や光、機械的刺激などにも過敏になる。そのため重症になれば社会生活にも支障がでる重篤な疾患である。患者の多くがCFS、IBS、MCSや顎関節症などを併発し、CSが関与していると見られている。FMS患者はセロトニンなど、痛みを制御する神経伝達物質の値が低く、また疼痛を起こす神経伝達物質である髄液中のサブスタンスPが健常人に比べて高い。[注7]

神経障害性疼痛モデル動物の脊髄後角（背中側）では、侵害受容器のTRP発現量の増加が示されており、[注6] それはヒトでもFMSへのこの受容器の関与を裏付けるものである。ヒトでも侵害情報は脊髄をへて大脳に伝えられるが、それを痛みとして認識するのが大脳である。痛み刺激を感知した脳中枢の扁桃体では、それに対して快不快、恐怖などの情動が生じ、それによって内分泌・自律神経系の反応がもたらされる。

刺激が多い現代生活では侵害情報が過剰に脳中枢に伝えられ、ＣＳを含む中枢機能の異常が生じている可能性が推定される。

多種類化学物質過敏症（ＭＣＳ）――嗅覚から大脳辺縁系に

ＭＣＳの発症メカニズムを読み解くために、Millerは「環境不耐性（Environmental Intolerance）」という概念[注8]を提起した。それによって、個々人の許容レベルを超えた化学物質などの環境負荷に耐えられず、中枢の処理システムが異常になった状態を説明しようとした。この仮説によれば、第一段階では化学物質ばく露によって耐性を失い、第二段階では、超微量の刺激に対して全身が過敏に反応し始める。またＭＣＳとＣＳに関連について、大脳辺縁系の問題と、刺激への反応や報酬系に関与するドパミン作動性ニューロンの調節系が注目されている。[注9]
人の脳は、最も奥深いところにある古い脳から順に三層構造となっている。呼吸、体温調節、血液循環などを司る「脳幹（爬虫類の脳）」、その上に食欲や性欲などの本能的欲求、記憶、情動を生ずる「大脳辺縁系（前期哺乳類脳）」、さらにその上を覆っているのがヒトの思考や記憶など脳の高次機能を司る「新しい脳（大脳皮質）」である。脳幹や辺縁系は、人に進化する前から動物の生存本能を担う機能を持った部位である。そこには情動を司る扁桃体、海馬も存在し、ストレスなどの強い刺激を受けると扁桃体が反応し、次いで体が反応する。うつ症状は、扁桃体の活性が高まった結果である。

ＭＣＳ患者が、鼻から吸い込まれる化学物質によって直接的に影響を受ける脳の部位が辺縁系であり、患者が過敏性を獲得する経路の重要なルートのひとつが嗅覚―辺縁系システムであると見られている。[注10・11] 空気中の有害物質は辺縁系を刺激してＣＳに結びつく可能性がある。現代社会にはすでに一〇万種類以上の化学物質が出回っており、私たちは常時さまざまな揮発性有害化学物質（ＶＯＣ）を吸い込んでいる。それらが辺縁系の扁桃体や海馬などに影響し、生命維持に関わる異常であるＣＳが起きている可能性が考えられる。

慢性疲労症候群（ＣＦＳ）とＣＳ　―疲れた副腎とＨＰＡ軸

ＣＦＳは、原因不明の慢性疲労が長期間続き、微熱、リンパ節の腫張、筋力の低下、睡眠障害、気分障害などを伴い、日常生活にも支障をきたす現代病の一つである。これまでに、脳内の血流低下、安息に関係し疲労を解消するセロトニンの減少、脳内の免疫細胞の活性化による炎症などの臨床的所見が報告されている。ＣＦＳとＣＳの関係についてＨＰＡ軸の活性化が注目されている。[注12] ＨＰＡ軸とは神経内分泌系のストレス応答回路のひとつであり、視床下部―下垂体―副腎系へと信号が伝わる。ストレスも侵害刺激のひとつであり、それによってＨＰＡ軸が活性化されると、その刺激は大脳辺縁系の扁桃体を興奮させ、その刺激で視床下部からストレスホルモンのコルチゾルが放出され、脳下垂体からは副腎皮質刺激ホルモンが分泌される。それは短期的にはストレスへの反応だが、慢性的なストレス状態が続くとコルチゾル過剰になり、副腎が消耗して慢性疲労をもたらし免疫力も低下する。また、ストレスが非常に強い時やそれが長期間続くと、HPA軸関連疾患とされるうつ病や摂食障害、PTSDなどの原因となる。

以上、代表的なCSSであるFMS、MCS、CFSとCSとの関連を考察してきた。この他にもCSSには、腸の内臓感覚が非常に過敏になったIBSなどもあり、CSとの関連が指摘されている。

女性ホルモンは神経の過敏性を高める

CSが起きた後、さらに神経の過敏性を増す要因として、エストロゲンの影響が考えられる。動物実験でエストロゲンと痛みの関連を調べた研究によれば、エストロゲンの上昇は、温熱刺激や痛み刺激の閾値を下げる。[注13] また、エストロゲン受容体（ER）は侵害情報の伝達経路のいたるところに発現しており、痛みの感受性に影響する。[注14] さらに『医者も知らないホルモンバランス』の著者ジョン・リーによれば、エストロゲン優勢の症状として、むくみ、神経過敏、不眠症、不安症などがある。[注15]

脳の中でもとくにエストロゲンに反応するのは古い脳であり、そこには意欲、意志、ストレスへの対応、記憶・感情・体温調節、睡眠・痛みの感覚・認知機能などのコントロール部位が存在する。[注16] すなわち生体維持機能が集中する古い脳が、現代社会にあふれる環境エストロゲン（環境ホルモン）の脳内標的となっている可能性がある。目に見えないところで毎年一〇〇〇種類もの新しい化学物質が環境中に排出されている。その中には女性ホルモン様作用をもつ環境ホルモン（内分泌かく乱化学物質）が多く存在する。WHO／UNEPは二〇一二年「内分泌化学物質科学の総合的評価書」[注17]をまとめたが、激増する環境ホルモンが神経系、免疫系などさまざまな疾病に関わっている証拠が世界中で蓄積されており、環境ホルモンがもつエストロゲン様作用がCSを促進させる可能性も見逃せない。

神経伝達物質とCSS

ホルモンだけでなく、神経伝達物質の異常もCSSに大きく影響する。神経伝達物質には六〇種類以上もあり、脳中枢の指令により分泌されている。それらの中でもCSには、興奮性シナプス伝達を媒介するグルタミン酸が深く関わっていると見られている。外部から侵害刺激が繰り返しヒトに入力されると、脊髄後角にある侵害受容体のTRPチャネルの活性化によりグルタミン酸の放出が促進される。[注6] グルタミン酸が過剰に放出されると、神経の過活動につながりCSを起こさせ、神経症や不眠、痙攣などの原因となる。また、エストロゲンがグルタミン酸受容体に作用することも報告[注18]されている。

一方、ストレスなどの抑制作用を持つセロトニンなどの働きの低下が、ＣＦＳやＦＭＳなど多くのＣＳＳ患者に報告されている。過剰興奮した神経系を鎮め、抑制する神経伝達物質のＧＡＢＡやグリシンなどの減少も、中枢の過敏化に関わっている可能性もある。この他にも、神経を保護する一方で、神経を傷害し、刺激に対応して過剰応答する神経回路を作ることに関わるグリア細胞[注19]の研究も進みつつあり、この先ＣＳとの関連も解明されることだろう。

おわりに

以上、ＣＳにより引き起こされるＣＳＳについて、これまで海外で示された知見をもとに考察した。近年、化学物質や電磁波、普通ならば何でもないレベルの明るい光や音、人混みなどの刺激に過敏に反応する人が増えている。それらの人達は、刺激に過敏に反応するだけでなく、疼痛や不眠、慢性疲労、うつなどの多様な症状に悩まされ、日常生活の困難さを抱えている。近年、こうした原因不明の〝現代病〟、〝環境病〟の広がりは顕著である。全身疲労に長期に悩まされるＣＦＳ、広範囲疼痛に苦しむＦＭＳ、超微量の化学物質に反応するＭＣＳなどＣＳＳの名称は多様であるが、その根幹には脳中枢の過敏化の問題が共通して存在しているようにみえる。

現代社会はストレスに溢れ、生体の過敏性を高める女性ホルモン作用を持つ人工化学物質、プラスチックやその添加物、農薬、ホルモン剤などが激増している。それらが複雑に重なり合って脳中枢を脅かし、生命維持の要である古い脳を直撃している可能性が考えられる。その状況に、とりわけ過敏な神経を持つ一群の人たちが今、ＳＯＳ信号を発しているのである。これ以上ＣＳＳ患者を増やさないためにも、原因不明の症候群への理解がＣＳの視点から進むことを期待したい。

参考文献

注1　水野玲子　原因不明の「症候群」に環境病の疑いを　—線維筋通症候群、慢性疲労症候群と化学物質との接点　公衆衛生　Vol 68 No8, 2004

注2　水野玲子　環境病への新しい研究視角　医学的に説明できない症候群の環境要因の解明に向けて　公衆衛生　Vol 68 No7, 2004

注3　Yanus MB. Fibromyalgia and Overlapping Disorders: The unifying Concept of Central Sensitivity Syndromes. Semin Arthritis Rheum, 2007,36:339-56.

注4　伊藤誠二『痛覚の不思議』講談社ブルーバックス　2017,p62-67.

注5　Yanus MB. Editorial Review: An Update on Central Sensitivity Syndrome and the Issue of Nosology and Psychobiology. Current Rheumatology Review, 2015,11:70-85.
注6　熊本栄一、藤田亜美　Transient receptor potentialチャネル活性化による神経終末からのグルタミン酸自発放出の促進。生物物理　2016, 56,145-48.
注7　今野孝彦『線維筋痛症候群は改善できる』平成22年保健同人社
注8　Miller CS. et al. Toxicant-induced loss of tolerance- An emerging theory of disease? Environ Health Perspect, 1997,105,445-53.
注9　Bell IR. et al. Neural sensitization model for multiple chemical sensitivity. Toxicol Ind Health 1999,35:295-304.
注10　Ashfold N. et al. Possible Mechanism for MSC, The limbic System and others, National Academy Press, 1992.
注11　Bell IR. et al. An Olfactory -limbic model of Multiple Chemical Sensitivity Syndrome. Biol Psychiatry,1992, 32:218-42.
注12　Belda X et al. Stress-induced sensitization: the hypothalamic-pituitary-adrenal axis and beyond　The Int J Biol Stress, 2015,18,Issue 3.
注13　Steneng KD et al. Influence of estrogen levels on thermal perception, pain thresholds, and pain tolerance. J Pain, 2012,13:459-66.
注14　Saraiari S et al. Estrogen effects on pain sensitivity and neuropeptide expression in rat sensory neurons. Exp Neurol, 2010,224:163-69.
注15　ジョン・R・リー『医者も知らないホルモンバランス』中央アート出版社　2006,p59.

注16　武谷雄二『エストロゲンと女性のヘルスケア』メジカルビュー社　2015,p120.
注17　WHO/UNEP　State of the science of endocrine disruptive chemicals 2012
注18　Cyr M. et al. Ovarian steroids and selective estrogen receptor modulators activity on rat brain NMDA and AMPA receptors. Brain Res Rev. 2001,37:153-61.
注19　錫村明夫：神経変性疾患、神経炎症とミクログリア　臨床神経　2014,54:1119-21.

(略語)

LTP (Long-Term Potentiation), **FMS** (Fibromyalgia Syndrome),
CFS (Chronic Fatigue Syndrome), **MCS** (Multiple Chemical Sensitivity),
IBS (Irritable Bowel Syndrome), **EHS** (Electromagnetic hypersensitivity),
EL (Environmental Illness), **PTSD** (Post Traumatic Stress Disorder)

水野玲子　略歴

NPO法人・ダイオキシン・環境ホルモン対策国民会議　理事として、また市民科学者として、有害な化学物質から子どもを守るための調査・研究・市民活動を行なう。現代社会に溢れる環境化学物質による健康影響に焦点を当てている。

著書に、『新農薬ネオニコチノイドが日本を脅かす』（七つ森書館）、『知らずに食べていませんか？　ネオニコチノイド〔増補改訂版〕』（高文研）、近著『子どもの脳に有害な化学物質のお話』（食べもの通信社）、共著に『虫がいない鳥がいない』（高文研）など。海外の医学雑誌（Lancet 2000, Reproductive Toxicology 2010）に、生殖毒性に関する論文の投稿。近年は、雑誌『食べ物通信』に、有害化学物質と健康の問題などを連載中。

現代病の新しいパラダイム（下）

ＣＳＳ（中枢性過敏症候群）の構造および回復
――環境悪化とＣＳＳ――

小田　博子

上編では、現代病の新しいパラダイムであるＣＳ（中枢性感作）という新たに分かってきた生理現象と、これを共通素因として起こるＣＳＳ（中枢性過敏症候群）という疾患概念、及びこれに含まれるさまざまな疾患を概観した。下編では上編を振り返りつつ、基礎医学分野ですでに分かっている現象を通じて、ＣＳＳという疾患の内容を捉え、次いでＣＳＳからの回復策を探る。また、ＣＳＳにひそむ環境病・医原病としての側面に着目しながら、今後我々に必要なＣＳＳへの対策を探る。

CSS（Central Sensitivity Syndromes：訳して中枢性過敏症候群）とは

上編で述べたように、CSSは一般的な検査では数値的な異常が検出されない一方、多種多様、かつ深刻な症状を示す症候群[注1]であるが、日本の医学界ではまだまだ認知が進んでいない。一般検査ではなんら異常が出ないため、医師の間では長い間、CSSは精神的なものとか詐病であるなどの誤解を受けてきた。筆者はCSSの一つである線維筋痛症（Fibromyalgia Syndrome：FM）に罹患し、その闘病中に、CSSという新しい概念およびその理論体系を知った。しかしながら国内の医学界では、これの認知や研究がまったくおろそかにされ、CSSの特性に着目した効果的治療の研究も進んでいないため、患者自ら海外から基礎医学書を取り寄せ、日本では知られていない疾患回復のための研究をすることになった。CSSを出発点とした研究がおろそかになっているのは、線維筋痛症（FM）のみならず、慢性疲労症候群（CFS）、多種類化学物質過敏症（MCS）なども同様である。

線維筋痛症の特徴は猛烈な痛みであるが、これまでにわかっている痛みのメカニズムを振り返り、それとともにCSSの理論体系を俯瞰してみたい。まず、痛みは、一時痛（急性痛）と、それより遅れて脳に伝わる二次痛とに分かれるが、皮膚や筋肉に傷を受けたり火傷をした時に感じる鋭い痛みが一時痛であり、それより遅れて感じる鈍いうずくような痛みが二次痛である。

一時痛は、通常は損害箇所の修復によって消えるが、二次痛はときに慢性痛へと移行してしまう。一時痛は、身体が受けた鋭い刺激を高閾値機械受容器が受け取り、伝導速度が速い一次侵害受容ニューロンＡδ線維によって脊髄後角に伝えられ感じる痛みであるが、二次痛は、鈍い刺激をポリモーダル受容器が受け取り、伝導速度が遅いＣ線維によって脊髄後角へ伝えられて感じる痛みである。[注2] このポリモーダル受容器は、鈍い痛み刺激のほかに、機械的刺激、熱刺激、化学的刺激などの刺激に反応する。[注3]

ＣＳＳの疾患群を結ぶ共通の病態生理学的機序は中枢感作であることが海外では定説となっている。[注1] この中枢感作についても、ここで簡単に振り返ってみたい。

そもそも感作とは、同じ刺激への痛みの反応が増強する現象である。弱い刺激を同じ箇所に繰り返し加えると当該箇所の痛み感受性が強くなり、普通なら痛みと感じない刺激を痛いと感じるようになる。つまり当該箇所の過敏化が起こる。抹消の受容器の感受性が高まり、閾値以下の刺激にも痛みを感じるようになるのである。

末梢部で起こる過敏化が末梢(性)感作、脊髄後角つまり中枢で起こる過敏化が中枢(性)感作であり、末梢感作に引き続き中枢感作が引き起こされるという機序になる。

ＣＳＳ疾患群には上編で紹介した線維筋痛症、慢性疲労症候群、過敏性腸症候群、化学物質過敏症以外にも、顎関節症やむずむず足症候群、筋筋膜性疼痛症候群などさまざまな疾患群が含ま

れる。しかも一人の患者にこれらが幾つも重なって現れる。[注4、5]

線維筋痛症の患者は、機械的刺激によって痛みを感じるほか、光や熱、風などさまざまな刺激にも過敏になり、[注6]化学物質過敏症はさまざまな化学物質に過敏になる。[注7]

ここで、CSSの機序のなかでも重要な役割を果たしていると考えられるポリモーダル受容器の特徴について、改めて詳しく振り返りたい。

ポリモーダル受容器は、人体に存在する侵害受容器のなかでも、低閾値から高閾値の機械的刺激、熱刺激、さまざまな化学的刺激に反応するという、特異な性質を持つ受容器である。注目すべき特長は、同じ刺激を同じ部位に繰り返し加えることによって、①閾値の低下　②刺激に対する反応性の増大　③受容野の拡大　④自発放電の増大（過敏化が増大し痛みが拡大する）などの、末梢性感作を引き起こすことである。またこの受容器は、皮膚や骨格筋、筋膜や関節、靭帯や腱、内蔵や血管など、広く全身に分布し、炎症などがあれば、それに影響を受け、さらに過敏性を増すことが分かっている。[注3・8]

ポリモーダル受容器が機械的、熱、化学的な刺激を受け取り、それが脊髄後角へ伝えられ、内側脊髄視床や脊髄網様体視床路を経て大脳皮質感覚野で知覚される一方、これらの刺激は自律神経に関係する間脳の視床下部、情動に関係する皮質や前帯状回、記憶に関係する扁桃体や海馬などを経由する。

ポリモーダル受容器が受け取った刺激は、脳の中の自律神経や情動、記憶に関係する箇所も経由するため、この受容器が受けた刺激によって、さまざまな自律神経の障害、感覚や情動などの不調が出る。

ちなみに筆者に出た症状は、線維筋痛症のほかには顎関節症、慢性疲労症候群、過敏性腸症候群、化学物質過敏症、むずむず足症候群、筋筋膜性疼痛症候群などで、同時に光や風、振動などの機械的刺激にも過敏になった。

脳の可塑性によるCSSからの回復

一般的にはCSSは回復が困難な容易ならざる疾患群である。そもそも、中枢性感作を起こしている脳の回復は可能なのだろうか。

長いあいだ、脳科学者の間では、大人の脳は変わらないと信じられてきた。つまり、脳の神経細胞は、分裂も成長もせず、構造も機能も変わらないと信じられてきたのである。しかし、近年その常識は覆され、「脳の可塑性」が明らかになった。

「脳の可塑性（あるいは神経可塑性）neuroplasticity」とは、脳が周囲の環境や心的経験に応じて、たとえ何歳になっても自らの力で構造や機能を変える力があることを示す。[注9] 脳は自己修復したり機能を改善する能力を持つのである。つまり、病的な中枢性感作が起こっても、脳は自らそれを改善させる可能性があるといえる。適切なケアないし心理的力を加えることで、脳が自らの力で中枢性感作を鎮めることが可能ということになる。それでは、どのようなケアが有効なのだろうか。

対策としては、まずはポリモーダル受容器が受け取る各種刺激の排除が考えられる。

ポリモーダル受容器は、身体の変形や炎症に伴って産み出されるさまざまな化学物質に反応することがわかっている。[注3]だとすれば、ポリモーダル受容器を刺激する身体の変形を治せば、ポリモーダル受容器による末梢性感作から中枢性感作へとつながる反応を鎮めることにつながる。

身体の変形とは、たとえば身体の使い方が片寄っていたり、手術や事故によって人体力学上のバランスが崩れたときに、筋肉や筋膜に凝りや癒着が発生し、それによって骨格に歪みが出る例がある。[注10・11]そのほかに、噛み合わせの歪みが骨格の歪みを引き起こす。[注12・13]

筋・筋膜にはポリモーダル受容器が多数存在する。身体の歪みによって受ける負荷がポリモーダル受容器を刺激し、ポリモーダル受容器への刺激が永く続けば、いずれ刺激が脊髄後角に投射し中枢性感作が始まる可能性がある。この場合、凝りを解消するなどにより人体力学上のバランスを整えポリモーダル受容器への刺激を減らせば、脳の可塑性により感作（過敏化）が鎮まると考えられる。

筆者は歯科医によるかみ合わせ治療で劇的に回復したが、この回復は上記の流れで説明できる。

また、海外では気功や太極拳が線維筋痛症を回復させるという研究報告があり[注14]、国内でも患者自身による気功と太極拳による完治例が報告されている[注15]。気功・太極拳には身体バランスを整える作用があり、バランスが整うことで侵害されていたポリモーダル受容器への刺激が軽減し、それによって中枢性感作が鎮まったと考えられる。

体内で生み出される化学物質と同様に、ポリモーダル受容器は、環境中の化学物質にも反応すると考えられる。本格的な研究は今後の課題だが、この仮定により環境中の有害物質の除去がCSSの回復に有効と考えられる。ポリモーダル受容器を刺激する化学物質を環境中から取り除けば、次第に感作（過敏化）が鎮まる可能性がある。回復の実例としては、環境化学物質や電磁波を極力取り除いた環境に身を置くことで、慢性疲労症候群と線維筋痛症、化学物質過敏症と電磁波過敏症の四つを併発し重症に陥った患者が快癒した例がある[注16]。

次に、ポリモーダル受容器は炎症に影響されることから考え、身体の炎症を治すことで、ポリモーダル受容器への刺激を減らし、治癒に導く方法を考える。

炎症を鎮めCSS治癒を実現する方策については、いくつかの発見が報告されている。その一つが「上咽頭・大脳辺縁系相関仮説」に基づく上咽頭炎治療（Bスポット療法）である。これについて解説する。

上編でみたとおり、ＣＳＳには大脳辺縁系の視床下部―脳下垂体―副腎皮質系（ＨＰＡ系）、つまりストレス系の機能障害が関係している。

また、線維筋痛症と慢性疲労症候群、また化学物質過敏症に共通する症状の一つとして咽頭の異常がある（慢性疲労症候群・診断指針の中には「咽頭痛」があり、線維筋痛症診察ガイドラインの「頻度の高い随伴症状」には「咽頭異常感症」があり、厚生労働省アレルギー研究班作成の化学物質過敏症診断基準の副症状に「咽頭痛」がある）。

そして、上咽頭治療（Ｂスポット治療）をすることで、線維筋痛症と慢性疲労症候群の改善が得られたという報告がある。[注17] 上咽頭は、健康な人でも細菌やウィルスなどの侵入にそなえ、活性化されたリンパ球が常時表面に顔を出しているという特徴のある部位である。堀田修は、この部位に起こった炎症を治療することで、線維筋痛症と慢性疲労症候群が治った例を複数報告している。[注17] 堀田修は、上咽頭に起こった炎症は大脳辺縁系の機能異常を引き起こすため、この部位の治療が線維筋痛症と慢性疲労症候群の治癒をもたらしたとする。

ストレスがかかると上咽頭炎も悪化しやすい。これはストレス中枢である視床下部、つまりＨＰＡ系が上咽頭へと影響を与えるからとし、その一方で、上咽頭に起こった炎症は上記のように大脳辺縁系の機能異常を引き起こすため、二つの部位は、「上咽頭・大脳辺縁系相関」とも呼ぶほどの密接な関係があるとする。これを提唱している堀田修は、上咽頭への刺激が副腎皮質ホルモンであるコルチゾール分泌を促進することを示唆している。[注17]

上咽頭は神経線維も豊富でポリモーダル受容器も多く存在していると考えられ、この受容器への継続的な刺激が中枢性感作を引き起こしている可能性も考えられる。その場合、上咽頭炎が鎮まれば中枢感作も鎮まり、線維筋痛症や慢性疲労症候群、化学物質過敏症などの回復が期待できることになる。

CSSに環境病および医原病としての側面はあるのか
……環境病と医原病はコインの裏表

昨今、さまざまな環境要因による健康被害が報告されている。その一つに風力発電用風車や家庭用電気給湯機（エコキュート）が発する低周波音による健康被害がある。[注18]音は音波と呼ばれる空気振動であり、空気の圧力変動波でもある。風車の低周波音を浴びると、人によっては空気圧力の変動により圧迫感を感じるといわれる。

ポリモーダル受容器の特徴からして、空気振動による圧迫がポリモーダル受容器への侵害性刺激になる可能性は排除できない。

そのほかに報告されているさまざまな環境要因による健康被害も、ポリモーダル受容器との関連を考える必要がある。また侵害性刺激が継続した場合における中枢性感作を引き起こす懸念も考慮の必要がある。

その一方で、ＣＳＳ患者が医療行為によってＣＳＳ疾患を発症、あるいはＣＳＳの症状が悪化した報告がいくつかある。

自身が電磁波過敏症である加藤やすこは化学物質過敏症も発症しているが、化学物質過敏症のトリガーになったのは子宮内膜症のために処方された薬であった。[注19] 筆者もかつて線維筋痛症治療のため処方された抗うつ剤で極度に症状が悪化した。

処方薬も化学物質の一つであり、中枢性感作が起こっていると、化学的刺激に反応するポリモーダル受容器が侵害され、その刺激が中枢で感作し、さらなる症状の悪化を招くことが考えられる。

従来の西洋医学は、メスや化学物質である薬など、侵襲的な刺激を身体に加えることで症状を抑えることを目指してきた。しかし、体内のいたるところに分布するポリモーダル受容器の、機械的刺激や熱刺激、さまざまな化学的刺激に反応するという特徴からみて、侵襲的な医療行為はポリモーダル受容器を刺激した結果としてのＣＳＳ発症や、悪化原因になりうる。

環境化学物質も、医療で使う化学物質も、ポリモーダル受容器にとってはともに侵害性刺激となりうる。ＣＳＳの治療には侵襲的な手法ではなく、ヒトに備わった自然治癒力を活性化させる方法が有効であろう。[注20・21]身体バランスを整えポリモーダル受容器への刺激を減らす方法、Bスポット療法ともに、身体には侵襲的ではない方法といえる。

疾患の検出に不可欠な疫学調査

ＣＳＳは器質的疾患ではないため、レントゲンや血液検査、尿検査などの検査では数値的あるいは映像上の異常が何ら検出されない。そのため、疫学調査によって疾患を検出することが患者を把握するための眼目になる。疫学調査によって「原因↔症状（疾患発症）」の因果関係をつかみ、発症原因となった有害物質を検出し、原因物質の除去に努めることが重要になる。[注22・23]

ＣＳＳは人体が文明に発する警告か

ポリモーダル受容器が広く知られるようになったのは比較的近年のことである。この受容器は単一でなくさまざまな刺激に反応することから、未分化で原始的な受容器ともいわれ、ヒトの生存本能を担う脳の働きと関係しているとも言われる。ポリモーダル受容器の機能を考えると、ＣＳＳの発症には、見てきたようにポリモーダル受容器が重要な働きを果たしていると考えられる。

ポリモーダル受容器への侵害性刺激となりうる機械的、熱、化学的刺激の相当の部分は、ヒトの文明の進展によってもたらされたものであろう。

ＣＳＳが多くの人を蝕む現状は、現在の環境悪化がヒトには過酷なものとなりつつあるという、それじたいが自然の一部である人体が発する警告なのかもしれない。ＣＳＳから回復するには、ポリモーダル受容器を侵害する体内、体外の刺激の除去が重要であり、環境中のＣＳＳ発症の原因となる有害物質の除去には、国の積極的な関与が必要なことは言うまでもない。

参考文献

注1　Muhammad Yunus 他　Fibromyalgia & Other Central Pain Syndromes　2004
注2　河野達郎「痛みの研究」新潟県医師会報　692 二〇〇七年
注3　熊澤孝朗　痛みとポリモーダル受容器　日本生理誌　1989　51
注4　戸田克広　線維筋痛症がわかる本　二〇一〇年
注5　今野孝彦　線維筋痛症は改善できる　二〇一一年
注6　ホールネス研究会　線維筋痛症とたたかう　二〇〇四年
注7　化学物質過敏症支援センター　化学物質過敏症　相談窓口事業報告書　二〇〇二―二〇〇七年

注8　Takao Kumazawa The Polymodal receptor A Gateway to Pathological Pain 1996

注9　ノーマン　ドイジ　脳はいかに治癒をもたらすか (Norman Doidge The Brain's Way of Healing) 2016

注10　伊藤和磨　腰痛はアタマで治す　二〇一〇年

注11　伊藤和磨　アゴを引けば身体が変わる　二〇一三年

注12　藤井佳朗　歯科からの医療革命　二〇〇四年

注13　藤井佳朗　歯科からの逆襲　一九九七年

注14　Chenchen Wang A Randomized Trial of Tai Chi for Fibromyalgia　The New England Journal of Medicine 2010

注15　日本統合医療学会　第18回日本統合医療学会プログラム・抄録集　二〇一四年

注16　あらかい健康キャンプ村　二〇一二年

注17　堀田修　道なき道の先を診る　二〇一五年

注18　「風車問題伊豆ネットワーク」事務局　風車騒音・低周波音による健康被害　二〇〇八年

注19　加藤やすこ　電磁波過敏症を治すには　二〇一二年

注20　小田博子　環境病を考える　環境病と難病、そして福島第一原発事故による被曝の影響　エントロピー学会誌　第72号　二〇一二年三月

注21　小田博子　中枢性過敏症候群「ＣＳＳ」と公害病、環境病、原発事故による影響　合わせて「ＣＳＳ」の治療を探る　エントロピー学会誌　第73号　二〇一二年九月

注22　津田敏秀　市民のための疫学入門　二〇〇三年

注23　津田敏秀　医学と仮説　原因と結果の科学を考える　二〇一一年

小田博子　おだ ひろこ

一九五六年生まれ
東洋大学法学部卒
百貨店勤務を経て、日・タイ経済協力協会で技術協力の仕事に携わる。四四歳で難病・慢性疼痛症候群（線維筋痛症）を発症し、一時、歩くこともできない絶望的な状況に陥る。
その後、受けた治療で劇的に回復し、その過程をHPで公開。日本で知られていない病気のため自分で勉強し、患者自助団体「NPO市民健康ラボラトリー」を立ち上げ、現在代表。
病気と環境の関係を考える観点からエントロピー学会に入会し、論文等を発表。

虐待被害者の味方です
―虐待が原因で難病になり、甦った足跡―

●二〇一九年四月一五日　第一刷発行

著　者――小田博子
発行所――株式会社 高文研
東京都千代田区神田猿楽町二―一―八
三恵ビル（〒一〇一―〇〇六四）
電話 03―3295―3415
http://www.koubunken.co.jp
印刷・製本―シナノ印刷 株式会社

★乱丁・落丁本は送料当社負担にてお取替えいたします。

表紙絵――山本茂富
装丁――細川佳

ISBN978-4-87498-681-3 C0011